去中國人的幻想世界玩一趟

阿濃 著

去中國人的幻想世界玩一趟
作者／阿濃
插畫／棗田
總編輯／馬鎮梅
責任編輯／廖迎祺
美術設計／劉碧雲
出版發行／突破出版社
香港沙田亞公角山路33號突破青年村
電話：2632 0000　傳真：2632 0388
電郵：breakthrough@breakthrough.org.hk
網址：http://www.breakthrough.org.hk
http://www.btproduct.com
承印／陽光（彩美）印刷有限公司
2007年7月初版1刷
2024年9月初版13刷

The Wonderful World of Chinese Imagination
by A Nong
Illustration: Joel L.
First Printing, First Edition, July 2007
Thirtieth Printing, First Edition, September 2024

Printed in Hong Kong
ISBN 978-962-8913-80-0

承蒙許雪明老師為本書首頁及部分插扉題字，謹此鳴謝。

誠邀閣下就突破出版社的書籍發表意見

歡迎加入突破出版社 Facebook page — http://www.facebook.com/btbooks.page

本書採用環保油墨印刷

人文價值

或坐在巨人的肩膀上，或呷一口書香，讓我們的生活漸次提升，讓眼界更見遼闊。

目錄

6 序

8 我們這一家

18 變、變、變

54 夢、夢、夢

74 國、國、國

94 日、月、星 風、雨、雷

130 河、湖、海 地下、世外

150 愛、愛、愛

170 能、能、能

183 故事列表

序

我讀中國古代典籍，也讀許多雜書，發現我中華民族是充滿智慧的，幽默風趣的，於是我寫了《老井新泉 —— 中國人的智慧》、《古典今趣 —— 中國人的幽默》。後來與許多人的印象不同：他們以為中華民族是比較古板和守舊的，我卻發現我們是富於幻想而且敢於幻想的。

我們中國人的幻想世界既奇趣又瑰麗。天上地下，日月星辰，範圍是如此廣闊；神仙鬼怪，草木精靈，全賦特性真情；恩怨情仇，悲歡離合，夢幻與真實交織；遠古傳聞，市井議論，同樣可啟發哲理思考。於是我這次想請大家去中國人的幻想世界玩一趟。

我少年時讀過的文學啟蒙書《文心》(夏丏尊著)，借一個家庭的故事介紹了語文和文學的基礎知識，這一回我也借一家人和他們的鄰居來串聯這許許多多的故事，但求增加一點趣味，讓古與今、幻想與現實有個比對和結合，這是跟上兩本書不同的嘗試。

幻想世界一定能提供給畫家許多創作靈感，本書的插圖將大大增添閱讀趣味。寫此序時我對棗田充滿期盼，相信定有使我驚喜的表現。成書過程中，責任編輯迎祺給了許多寶貴意見，我一一接納，謹此致謝。

我們這一家

16 設計一個中國人的幻想世界
15 會用抽水馬桶的貓「弟弟」
14 由大學生變小學生的媽媽
13 活字典爸爸
11 時常尖叫的妹妹
10 使數學老師胃痛的我

使數學老師胃痛的我

Hi，大家好，我叫李卓倫，今年讀中三，花名阿蛀，因為我是書蟲，喜歡蛀書。

我的成績中等，中文全級第一，英文全級第二，可惜數學全級尾二，體育全級包尾。分數一平均，就變成全級第二十。

為了這科該死的數學，父親為我請過三位數學老師，他們都是教了我一個學期便請辭了，請辭的理由都是胃痛，對此我真感抱歉。至於體育，去年考射籃，共射十次，我一球不入。今年考跳高，一共跳三次，頭兩次碰跌了桿，第三次從桿底鑽過。老師一面搖頭一面給我 60 分，他是全校最仁慈的老師。

我的成績雖然不是很好，但我有大志，我總覺得自己將來一定會做一番大事，是關於哪方面的我暫時說不出來。就像老師有一次出一道作文題《我的志願》，我考慮了半天也無法下筆，因為似乎每一個行業都有不適合我的地方。最後我說：我的志願是做前人未做過的事，我要為人間多創造一些歡樂。老師對這篇文章的評語是：其志可嘉，但空虛而不切實際。

是呀，一點也沒說錯，我就是覺得這個社會的人太實際了：讀書為了考試，考試為了升學，升學為了畢業後有一份好工，而好工就等於可以賺很多很多的錢。可是有錢就一定快樂嗎？有一次我跟幾個同學到附近一個小公園玩耍，發覺公園裏多了幾個平日少見的大漢，他們不是來玩，也不是欣賞風景的。他們散佈在四周，眼睛留意四方。後來我們看到一對年輕夫婦帶着他們的小孩，在公園裏的幼兒遊樂設施。我認得那個年輕的父親，是城中有名的富豪。於是我知道那些大漢都是他們的保鏢。我想：連假日帶孩子到公園玩耍，也要那麼提心吊膽，如臨大敵；個人的私生活也在他人的注視之下，這日子會快樂嗎？當然我記得有個古人叫惠施（惠子）的話：「你不是魚，你怎麼知道魚快樂還是不快樂呢？」但根據常理，一個人要生活得自由，生活得無恐懼，才會快樂。在這個小公園裏，我肯定我要比這個有錢人快樂得多！

時常尖叫的妹妹

我有一個妹妹，比我小兩歲，她叫李卓婭。這個名字有點怪，不過我看過爸爸書架上的一本書，叫《卓婭和舒拉的故事》，是一本前蘇聯愛國小說。大概我的名字有個「卓」字，爸爸替妹妹取名的時候想用「卓」字排名，便想起了這本書的主角，就叫她「卓婭」了。現在連蘇聯都解體了，回復為好幾個國家，最大的是俄羅斯。這本書很感動人，爸爸看過，媽媽看過，我也看過，偏偏卓婭沒看過，她說她不喜歡看翻譯的書，而且她聽媽媽說，卓婭有一段遭遇很艱辛，她不想為一個與自己同名的女孩流淚。

李卓婭今年讀中一，她對功課一點不擔心，因為她每年都是全級第一。她不但中文、英文全級第一，連數學也是，體育的成績也不差，這就夠她「牙擦」的了。

有一次她在旁邊看我的補習老師幫我補數學，我聽到她一聲又一聲在歎息。補習老師走了，她說：「唉，我真為你的補習老師辛苦！」我說：「別牙擦！中三的數學比中一的數學深多啦！」她呶呶嘴說：「有多深？拿來看看！」我把題目推到她面前說：「你試看看第三題。」她真的拿起來看了，把鉛筆啣在嘴裏想了想，便在紙上演算起來，然後說：「喏，有多難！」她的演算我看不大懂，便把它抄下來交給老師。本子派回來，居然算對了，這使我無話可說。這「巉妹」有點天分。

不過她也不是全能，她有許多害怕的東西。她畏高、怕黑、怕蟲、怕髒，家裏時常聽到她的尖叫，不是見到一隻蜘蛛便是見到一條菜蟲。有一次我們到離島宿營要走夜路，她緊緊抓着我，把我的手臂都捏瘀了。她很少用外面的廁所，忍着忍着，待回到家裏便向洗手間衝。我早已不敢拿一條什麼蟲嚇她，因為試過把一條塑膠百足丟到她身上，她立即嚇暈過去，把我嚇呆了。

活字典爸爸

說到我父親，他也屬於另類。人不老，會開車，會用電腦，可是他對中國東西特別鍾情。他喝中國茶，飲中國酒，愛到中國旅行，研究的也是中國學問，特別是古典文學。他是一間中學的文史科教師，有十多年教齡了。除了教書他還會作舊詩、填詞、做對聯、製燈謎，因此請教他的人很多。

媽見他時常放下工作聽人家的電話，一說就是半天，就會說：「你還要改作文呢！做到三更半夜的，叫他們自己上網查不行嗎？這些人就是懶！」

爸回答說：「你以為網上真的什麼都有？即使有也不一定正確，要懂得分辨。還要有基礎知識，才曉得循哪個方向去查。」

媽就會咕咕噥噥說：「這個世界懶人太多，誰叫你有個花名叫活字典？看看你，幾本字典都被你翻成爛牛肉一樣，遲早你也會被人家弄殘了，要拿去 recycle。」

不過爸爸跟人家說得口乾舌燥、聲音嘶啞時，媽總會為他端一杯龍井茶。

由大學生變小學生的媽媽

媽媽是中國內地的大學畢業生，她是學獸醫的。有一年爸爸去內地旅行，他們在火車上認識，一見鍾情，通了兩年的信，終於結婚了。因為她本來是香港人，所以回香港生活沒有問題。她的專業資格香港不承認，生了我和妹妹之後，寧願做家庭主婦，不去上班了，她說自己是不求上進。但朋友們都說這是她的犧牲，對丈夫和孩子來說都是一種福氣。

媽媽說她的學識天天在退步，結婚前是大學程度，生了兩個孩子後是中學程度，孩子一天天長大，他們在學校的功課有疑難她也解答不了，因此她認為自己只得小學程度，是家中文化程度最低的一個。

可是媽媽的廚藝極好，味道好，營養好，價錢又廉宜。有時我們到飯店，吃到什麼好菜，媽媽只要仔細看看，又仔細嘗嘗，回家就能做出來。

媽媽的針黹也好，最拿手幫我們改褲子，短的放長，闊的改窄。她又會打毛衣，看到人家身上穿的花式，她底面看看，回家就能織出來。

媽媽對人有心，左鄰右里有什麼要幫忙的，她便自告奮勇。有老人家病了，兒女要上班，媽媽便陪他們去找醫生。

因此說到這一區的李師奶，沒有人不稱讚的。

會用抽水馬桶的貓「弟弟」

其實媽媽沒有為我們生下一個弟弟，我們口中的「弟弟」只是一隻貓。

有一天我跟妹妹在附近的公園玩耍，聽到花叢裏有一隻小貓咪咪的叫聲。這天早些時曾經下過一場大雨，花草的葉子上還是濕漉漉的。我們蹲下來向花叢底下瞧，一隻全身濕透了的黃毛小貓走一步跌一步的掙扎着出來。牠看來又凍又餓，歪歪斜斜的向我們走近。妹妹最喜歡小動物，就把牠捧在手裏，牠便伸出舌頭來舔妹妹，結果我們把牠帶回家。

我們把牠的毛抹乾了，又用風筒吹，牠眯着眼睛很舒服的樣子。我們又倒牛奶給牠，牠很快便吃得乾乾淨淨。然後在妹妹的腳邊繞來繞去，像要妹妹抱。

媽媽買菜回來，見家裏多了一隻小貓，問是哪裏來的，妹妹說是公園裏抱回來的，見牠可憐，如果沒有人收留，一定會凍死餓死。媽說：「有言在先，你們帶回來，就由你們照顧，包括倒貓屎盆；我可不會理哦！」

後來我在一本雜誌上看到一個訓練貓兒在抽水馬桶上大小便的方法，我花了一個月的時間，果然把牠教會了。雖然牠氣力不夠，不會自己沖廁，卻已經省了我們不少工夫。

至於我們為什麼叫牠「弟弟」，是妹妹問媽媽：「不知貓貓是男仔還是女仔？」媽媽說：「『十黃九公』，黃貓多數是男仔。」她隨即反轉小貓的肚皮一看說：「沒錯。」她是獸醫，當然不會看錯。妹妹說：「既然是男仔，就叫牠『弟弟』啦！」

設計一個中國人的幻想世界

我曾經說過，我是一個有大志的人，我相信我將來一定會幹一番大事。從今天起我會開始談談我第一件想做的大事。

話說那天我們一家去一處叫什麼「樂園」的地方遊玩，玩得也很開心。不過我總覺得那些外國童話中的人物對我們來說並不親切，他們的名字，他們的造型，他們的動作都是西方的東西。

我在想：**為什麼沒有一個中國式的Wonderland呢？**

回到家裏，爸爸問我今天好玩嗎？我把我的感覺告訴他。妹妹說：「會不會因為中國人太古板，沒有豐富的想像力，所以造不出一個充滿幻想的故事樂園來？」

「中國人的想像力才豐富呢！」我反駁說：「光是一部《西遊記》就千奇百怪。孫悟空有一根能變大變小的金箍棒，一個觔斗能翻出去十萬八千里，還會七十二種變化，變什麼像什麼，比起那些老鼠呀、鴨呀，想像力豐富得多了。」

父親說：「卓倫的確沒有說錯，中國人本來是極富想像力的，逐樣來說，說一年也說不完。」

我愈說愈有勁：「那就逐樣說呀，今天說一點，明天說一點，讓我們一同來設計一個中國式的幻想世界！」

妹妹也興奮起來：「不但說古人的，也可以加進我們新的想像！」

「卓倫剛才提到《西遊記》，這的確是一本充滿幻想的書。一般認為作者是明代的吳承恩，但仍然有爭論。這本書可說是中國最早的長篇兒童讀物，當然成年人一樣讀得津津有味。這本書卓倫已看過了，卓婭可以拿來看看。」爸爸從書架中抽出《西遊記》給妹妹。

妹妹托着沉甸甸的書，邊打開邊說：「我也曾經在書架上拿來翻過，但是我不喜歡那些夾在故事中的詩句，妨礙我『追』故事。」

我說：「我也討厭，你跳過它便是。」一陣風吹進屋裏，書頁也活潑地掀騰着……

38 梁祝的蝶變
37 水鱉頭上的銀釵
34 板橋三娘子
33 動物變人 人變動物
31 螟蛉子謀殺案
30 冬蟲？夏草？
29 舅父的魔術
28 妻子們的公敵
27 變不回來的傷感
25 最難掩藏是尾巴
24 孫悟空VS二郎神
23 古代生物複製
21 祕傳七十二變
20 現代緊箍咒

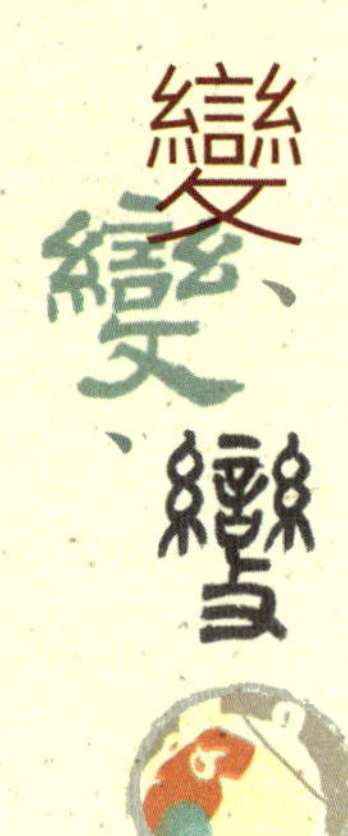

50 要拚才會贏
47 把長城也哭塌
46 沒有腦袋也作戰
45 故事五：苦哇鳥
44 故事四：杜鵑啼血
43 故事三：望夫石
42 故事二：孔雀東南飛
41 故事一：不甘心的精衛
40 不屈的靈魂

柒田

現代緊箍咒

今天是星期天，我拿了一根地拖柄在廳上跟貓「弟弟」玩。我當我手上拿的是孫悟空的金箍棒，「弟弟」是黃毛怪。我一面拿棍子去點戳「弟弟」，一面喝道：「大聖輕輕掄鐵棒，着頭一下滿身麻！」一下子收棒不及，真的打中了「弟弟」的頭。牠咪嗚一聲逃進洗手間，妹妹立刻投訴：「媽，阿哥打『弟弟』，打得牠好痛哦！」媽説：「一早就舞槍弄棍的，快來吃早餐。」我放下棍棒走進洗手間，見「弟弟」躲在臉盆下面用害怕的目光看我，我向牠做了個敬禮式的道歉手勢，表示我是無意的。

這時爸開門進來，手上拿着油炸鬼、牛脷酥、白糖糕，媽已經煮好粥，我們幫着拿碗筷。妹妹又多事向爸投訴：「阿哥用棍打『弟弟』，打得牠好痛！」我説：「你別多事，人家是無意的嘛！」

爸：你是在學孫大聖？看來你也要戴個金剛箍在頭上。

妹：好呀，到時讓我唸咒，等他頭痛！爸，那緊箍的咒語是怎樣唸的？

爸：《西遊記》上可沒有寫出來呀，不過我有我的緊箍咒。

妹：是怎樣的？快快教我，等阿哥不敢欺負我。

爸：我的緊箍咒只有四個字：「熄燈睡覺！」

妹：（拍手）好呀，不准他蛀書蛀到一兩點，影響我睡眠。

我：阿妹也要緊箍咒。

爸：我還沒有想到呢。

我：讓我告訴你，也是四個字：「停止上網！」

妹：李卓倫！你好毒呀，毒過蜘蛛精！

我：蜘蛛精是女人。

爸：(笑着搖頭) 看來你們都看過《西遊記》了，談談你們的讀後感吧。

吃過早餐，我們繼續坐在飯桌旁談《西遊記》，「弟弟」從沙發椅底鑽出來，跳到妹妹腿上，讓她輕輕的撫摩。

妹：我還沒有看完，有些地方也看不懂，不過我覺得這本書的作者對女性有偏見。那些想害唐僧的蜘蛛精、蠍子精都是女人。

爸：似乎真有這種傾向，也不止《西遊記》，許多書都把女人形容為「禍水」，把國家敗亡的責任往女人身上推。

我：其實這本書最吸引人的地方是變，通過變，作者大大發揮了他的想像力。

爸：舉些例子來聽聽。

我：孫悟空有七十二種變化，豬八戒有三十六種，牛魔王也有七十二種，二郎真君看來更厲害。

爸：孫悟空的七十二種變化有沒有一樣一樣舉出來？他第一次變什麼你可記得？

我：印象中的孫悟空好像想變什麼就變什麼，他第一次變的是……

妹：（搶着説）松樹。

我也記得，那是在《西遊記》的第二回，他捻着訣，念着真言，搖身一變，就變成一棵松樹給師兄們看，作者還描寫這棵松樹説：「全無一點妖猴像，盡是經霜耐雪姿。」不過就因為他賣弄本領，被老師菩提祖師趕下山去了。

老師為什麼發這麼大脾氣呢？他是這樣教訓孫悟空的：

「悟空，過來！我問你弄什麼精神，變什麼松樹？這個功夫，可好在人前賣弄？假如你見別人有，不要求他？別人見你有，必然求你。你若畏禍，卻要傳他；若不傳他，必然加害，你之性命又不可保！」

師父在悟空離開時還不許悟空告訴別人是他的徒弟，若説出半個字來，他就會知道，定將他猢猻剝皮銼骨，將神魂貶在九幽之處，萬劫不得翻身。悟空也答應「決不敢提起師父一字，只是説自己會的便罷。」孫悟空果然信守諾言，沒有告訴別人，他的變化本領真的可謂「祕傳」了。

妹：（忽然提出一個問題）孫悟空是七十二種變化，豬八戒是三十六種，我們平日説：「七十二行，行行出狀元」，又説：「三十六計，走為上計。」梁山泊好漢是一百零八人，孔子門下最好的學生是七十二人，為什麼這些數字都是九的倍數呢？

爸：看來這不像巧合……你有空不妨去找尋答案。

後來我找到了清代學者汪中的一篇文章叫〈釋三九〉，其中有一點說「三」和「九」不一定是實數，只是代表「多」的意思，於是我知道「三思而行」是要思考多次才去行動，「九死一生」是死亡的機會多於生存。

古代生物複製

爸：你們覺得孫悟空的變化有什麼特點？

我：孫悟空變得最多的是蟲兒，因為方便從門縫中飛進去，又不容易被對方發現。他變的蟲兒有蜜蜂、蟭蟟（音焦寮）*、猛蟲兒、蒼蠅、渴睡蟲……

他又會變鳥，有海東青、老鷹；還會變其他生物，像螃蟹、穿山甲；更會變成其他人的樣子，尤其是他的敵人，他變方丈、變女人、變牛魔王、變道童。

他有時不拿自己整個去變，而是拔幾條毫毛來變，可以變成一把刀、幾個錢、芭蕉扇、金鈴；為了要鑽到敵人的肚子裏，他還會變藥丸、變桃子……他更會變成一陣清風，無影無蹤；最厲害的是拔毫毛一把，丟在口中，嚼碎了，噴出去，叫聲「變！」就變了千百個大聖，而且都拿着金箍棒。（說着連我自己都覺得精彩絕倫。）

*《西遊記》描寫蟭蟟：
「翅薄無風不用力，腰尖幼小如針……昆蟲之類惟他小……一身混不見，千眼莫能尋。」

妹：這不等於現代的生物 Cloning 嗎？科學家利用動物細胞，造成複製牛、複製羊，原來《西遊記》中早已出現了相類似的複製猴！

孫悟空VS二郎神

說到變化的精彩，我覺得第一要數孫悟空跟二郎神鬥變法那一節——

我：孫悟空無心戀戰，便變了一隻麻雀兒。

妹：二郎神就變成餓鷹兒去捉他。

我：孫悟空變成一隻大鶿老，沖天飛走。

妹：二郎神變成大海鶴去追他。

我：孫悟空變成一條魚，鑽進水裏。

妹：二郎神變成捉魚的魚鷹兒要捉他。

我：孫悟空變成一條水蛇游近岸，鑽入草中。

妹：二郎神變成一隻朱頂鶴來啄他。

我：孫悟空變成一隻花……花……爸，這個字怎麼讀？

爸：「鴇」，讀做「保」，一種鳥的名字。

我：為什麼二郎神説悟空變得「低」，説這種鳥是鳥中至淫至賤之物？

爸：據説這種鳥兒很隨便地跟其他鳥兒交配，就因此貶低牠了。

我：小説裏常見有什麼「鴇母」，是妓女的管理人，是不是跟這種鳥兒有關？

爸：是呀，從前有叫妓女做「鴇兒」的，妓女的養母就叫「鴇母」了。

我：這是不是一種對人的歧視呢？

爸：這問題比較複雜，現在有新的名詞叫她們做「性工作者」，有她們的尊嚴和人權。不過這已不是我們要討論的內容了。

最難掩藏是尾巴

妹妹繼續幫二郎神説話：「後來二郎神現出原身，用彈弓射孫悟空，把他打得滾下了山坡。這次他變成了一座土地廟，大張着口，似個廟門，牙齒變成門扇，舌頭變做菩薩，眼睛變做窗櫺。只有尾巴不好收拾，豎在後面，變做一根旗竿。」她摸摸「弟弟」豎起的尾巴笑：「哪有旗竿放在後面的呢？孫悟空因此被二郎神識破了。」

「動物變人似乎最難處理是尾巴，難怪有俗語説『露出狐狸尾巴』了。」我忍不住動手去抓「弟弟」的尾巴。

爸：蒲松齡寫的《聊齋誌異》有一則故事叫〈董生〉——

有一天董生半夜回家，見屋門虛掩，以為是自己匆忙離家時忘記鎖門。進房之後，未來得及點燈，伸手進被窩，看看是冷是熱，發現牀上有一個女子，他再伸手試探，竟摸到一條**毛茸茸的尾巴**，嚇得他要逃走。這時那女子醒了，捉住他的手臂說：「你想去哪裏？」董生知道她是狐狸變的，就說：「請這位大仙放過我吧。」那女子笑道：「你見到什麼了？為什麼叫我大仙？」董生說：「我不畏首而畏尾。」

「**畏首畏尾**」是一句成語，乃膽子小，這又怕那又怕的意思，等於廣東俗語：「船頭驚鬼，船尾驚賊」。這裏作者借用，解做怕她的尾巴，是一種幽默的說法。看來動物中的妖精要變人，最難變掉的是尾巴。

被我把玩着尾巴的「弟弟」似乎有點不高興，倏地縮回去了。

我們談話時，媽媽一直在做家務，收拾早餐桌子、洗碗、掃地，這時她坐在飯桌旁拿出一包芽菜來，一條條把根摘掉，也加入我們的談話說：

> 「像孫悟空那種變化，變過去又可以變回來，但這個世界，國家呀，街道呀，人物呀，都不停在變，而且一變之後就變不回來了。去年我回上海，才四五年沒回去，許多地方都變得不認得了。還有那些同學，不說名字也記不起是誰了。他們都說我最年輕，一眼還是認得出來，但只要看一看從前拍的照片，就可以看出我的樣子變化有多大。這種變化每天每時每分每秒都在進行。時間是魔術師，可惜技術不好，他只會變過去，卻變不回來。」

爸聽媽說得如此感慨，走過去溫柔地拍拍她的肩頭說：「聽起來還挺傷感的呢！可是你在我心中一直沒有變，就好像還是我們初認識時的趙培芳。」

趙培芳是媽媽的名字，爸爸的話聽起來似乎有點肉麻，我們卻看見媽抬頭向爸一笑，那眼眶裏卻是潤濕的。

於是爸坐下來幫媽摘芽菜，我們的《西遊記》聊天也就暫停了。

妻子們的公敵

星期天的早上除了媽媽之外，我們都想多睡一會兒。但這天早上我們卻被隔鄰的吵架聲鬧醒了。我家隔壁住的是一對上海老人家，我們叫他們徐老伯和徐老太，他們總是和和氣氣的跟我們打招呼。有時還送點上海年糕、上海茶葉蛋、上海湯圓來給我們吃。媽媽也回請他們吃廣東蘿蔔糕、裹蒸粽。

徐老太比較胖，有一隻腳不太靈便，要拿手杖。兩人一同上街時，徐老伯總是扶着她，很恩愛的樣子。像今天這樣吵架，他們也不是第一次了。說吵架似乎不太符合實情，因為總是徐老太在罵，徐老伯卻悶聲不響。

我們聽到在徐老太罵徐老伯的字眼中，有一個經常出現的詞，便是「**狐狸精**」。就算我們小孩子也明白，這是關乎另一個女人了。可能徐老太認為徐老伯被外面某個女人迷住了，這女人會比較漂亮，會迷惑人，男人一被她纏上便無法脫身，這就是妻子們的公敵——狐狸精。

我：似乎動物喜歡變成人來迷惑人。

妹：這種動物人們就叫牠「妖精」。

我：因此有蜘蛛精、蛇精、蚌精……

爸：其實孫悟空也是猴精，豬八戒是豬精，《西遊記》上的「精」多得很。《西遊記》的主角是猴精，《白蛇傳》的主角是蛇精，《封神榜》的主角是狐狸精，還是一隻九尾妖狐。

我們吃早餐的時候，隔鄰吵架的聲音已漸漸靜下來。後來我們聽到拉鐵閘的聲音，妹妹從大門的防盜眼望出去，悄悄對我們說：「沒事啦，徐老伯扶着徐老太搭電梯，完全不像吵過架的樣子。」

舅父的魔術

今天我們家來了一位我們喜歡的客人，二舅父 —— 媽媽的弟弟。他帶了我們喜歡的嘉應子和山楂餅來，又送一包蟲草給媽媽補身。這些東西中藥店都有售，二舅父正是開中藥店的，他拿來的當然是正貨好東西了。

我們喜歡二舅父，不但因為他每次都有好東西帶給我們吃，他還會變魔術。

「二舅父，變一套給我們看看！」妹妹一面吃山楂餅一面求他。

二舅父從口袋裏掏出一個一元硬幣，把它放在左手掌心，然後握拳。他說：「留心看住了！」我們都盯着。他忽然打開左手拳頭，那一元硬幣好端端的仍在那裏。他又把拳頭握緊說：「留心啦！」然後朝拳頭吹一口氣，打開拳頭，硬幣不見了。跟着他伸手向妹妹的右耳一抓，那枚硬幣就在他手上出現了。他隨即把硬幣向妹妹的右耳一按，硬幣又消失了。跟着他往妹妹的左耳那邊一掏，硬幣又在他指頭上出現了。

我和妹妹同時說：「教我變！」

舅父說：「起碼要苦練三個月，你們哪有耐性！」

冬蟲？夏草？

媽媽對二舅父說：「這包蟲草好靚好貴哦！」

舅父說：「是不便宜，青海來的野生正貨。」

妹妹沒見過蟲草，走去一看便尖叫：「哎呀，好可怕呀！蟲草？它究竟是蟲還是草？」

舅父說：「它的全名是冬蟲夏草，既是蟲又是草。」

我問：「那究竟是蟲變的草，還是草變的蟲？」

舅：有一種蝙蝠蛾的**幼蟲**，在變成蛹之前，棲息在地表以下十至四十公分的土層裏，冬天進入冬眠狀態。如果遇到真菌感染，真菌會不斷侵食蟲體的營養來繁殖菌絲，最後佔據了整條蟲的身體，蝙蝠蛾的幼蟲便僵化了。到四、五月氣溫回暖，真菌慢慢從蟲的頭部生長出來，破土而出，形成**「草」**的階段，叫做「草頭」。據說五百條幼蟲中，只能產生兩條冬蟲夏草，所以十分罕貴。

我：那麼應該是蟲變成草了。

舅：冬蟲草是蟲和真菌的複合體。

妹：聽起來也很可怕呀，如果人死了埋在地下，被一種真菌侵入了他的屍體，會不會變成夏人冬草或者冬人夏草？

舅：你的想像力可真厲害呀！

舅父走後，我說：「大自然的許多變化，真要細心觀察才能知道真相。」

爸爸說：「古人的科學知識和研究設備都不及現代，因此有不少錯誤觀察的結果。好像《禮記》這部書中有一篇〈月令〉，是記述農曆十二個月的時令，政府和民間應採取的配合工作以及種種的相關事物。裏面說：鷹會變成布谷鳥（鷹化為鳩），腐草會化為螢火蟲（腐草為螢），雀飛入大海變成蛤蜊（爵入大水為蛤）等等，都是觀察不精細的結果。因為螢火蟲會產卵在腐草上，卵孵化成蟲，古人就以為螢火蟲是腐爛的草變成的了。」

爸爸又拿起筆來寫了「**螟蛉**」兩個字問我認不認得？我說該是「有邊讀邊」吧？我在小說上見過，螟蛉子是收養的孩子的意思。但不知道它的來源。

爸說：「螟蛉是一種桑樹上的蟲，《詩經．小雅．小宛》篇有這樣兩句：『螟蛉有子，蜾蠃（音果裸）負之。』註解說是螟蛉的幼蟲給蜾蠃（一種細腰蜂）帶回家，把牠當自己的孩子養大，於是養子便叫螟蛉。其中以漢代的揚雄最有想像力，他說蜾蠃把人家的孩子帶回家之後，便對着牠祝禱說：像我！像我！（類我！類我！）日子久了，人家的孩子真的變成跟牠一樣的細腰蜂了。」

妹妹說：「真有如此神奇？」

爸說：「其實這是一宗謀殺案。魯迅在他寫的一篇〈春末閒談〉中引法國昆蟲學家法布爾（Fabre, 1823-1915）的研究結果說：細腰蜂其實是把一種青蟲捉回家去做牠自己下一代的食糧。這細腰蜂不但是兇手，而且是殘忍的兇手，又是一個學識技術都極高明的解剖學家。」

「真的？這不是法布爾的想像？」我問。

「當然不是，法布爾的觀察仔細得很。他說細腰蜂運用牠神奇的毒針，向那青蟲的運動神經上一刺，它便麻痺成不死不活狀態。這時細腰蜂會在牠身上產下蜂卵，封入窠中。青蟲因為不死不活，所以不會移動；也因為不死不活，所以不會腐爛。直到細腰蜂的下一代孵化出來的時候，這件食物仍然一樣新鮮。」

「真工於心計，也真毒辣呀！」妹妹說。

「這是造物主給牠的智慧吧？」爸說，「要補充的是六朝時代中國學者陶弘景已經發現事情的真相，比法布爾早多了。」

這時貓「弟弟」正坐在妹妹膝上，妹妹把牠抱近自己面前對着牠說：「**似我！似我！**」

我說：「物似主人形也是有的，有人養老虎狗多年，主人的樣子就像老虎狗；你對得貓多，遲早會有一副貓樣的啦！」

動物變人　人變動物

這幾天我在看阿濃寫的《新愛的教育》，其中一篇〈貓仔〉給我很深的印象。一個特殊學校的學生，體格比同學差，為了生存，他把自己「變」成一隻貓，學貓的動作，扮貓的叫聲，趴在地上等同學餵他吃東西。有人欺負時，像貓一樣伸出爪子假作反抗。

我對爸說：「故事和小說裏面的動物想變成人，要經過多年的修煉，才能成功，這大概算是 upgrade。這書中的『貓仔』卻自動 downgrade，以一種投降的姿態來避免傷害，在中國古典小說和故事中有沒有類似的情節？」

「在中國古典文學中，人變動物的故事也不少。一類是被動的，大多是做了壞事，變成動物作為一種懲罰。例如某人殺了許多許多牛，結果他也變成了牛；某人不孝順父母，結果變成了豬、狗，這類因果報應的故事帶點迷信色彩。」

經爸一提，我也想到另一個我知道的故事：「《木偶奇遇記》這本外國童話寫木偶和一班貪玩的小朋友，被人帶到一處只有玩耍、無須工作的樂園，結果都變成了驢子。」

「人變驢的故事，中國小說也有，《聊齋》上有一篇〈造畜〉，說的是一種邪術，把五個婦人變成驢，五個小童變成羊，販賣圖利。」爸爸隨口舉了一個又一個例子，真厲害……「還有，唐朝的薛漁思寫過一篇〈板橋三娘子〉，那是一則很奇情的把人變驢的故事，你可以上網看看。」

板橋三娘子

趁這幾天功課不多，我用Google搜尋器找到了這個故事，用文言文寫的，有些地方不大明白，但大意還是知道的：

唐朝汴州西面一座板橋旁邊有家小旅店，店主是一個三十多歲的寡婦，大家叫她板橋三娘子。一個叫趙季和的人到這旅店歇宿，已經有六七個客人先到，只剩與店主相鄰的房間空着，趙季和便租了這一間。

店主人對大家招待殷勤，其他客人都喝了不少酒，只有趙季和一向不擅飲酒，所以沒有喝。

客人們又醉又倦，二更天都睡了，三娘子也回自己房間。趙季和睡不着，聽到鄰房傳來搬動物件的聲音，便在木板的隙縫中望過去。看見三娘子從一個箱子裏拿出副小小的耕田農具、一隻木牛、一個小木偶人，都只得六七寸大，放在灶前。又見三娘子含了一口水噴過去，木牛和小木偶人便活動起來。但見那小木偶人駕起牛來，就在牀前一塊小小的地方開始耕作，來去幾趟。然後三娘子在箱子裏拿出一袋蕎麥種子，交給小木偶人播種。很快就見到那小塊地上的蕎麥發芽、生長、開花、結子、成熟。三娘子命令小木偶收割、打穀，得到蕎麥七八升。她又拿出一副小磨，讓木牛和小木偶人把蕎麥磨成麪粉。把木牛和小木偶收回箱子裏後，三娘子拿那些麪粉做成一批燒餅。這時雞啼，天亮了，客人準備動身。

趙季和看到三娘子拿那些蕎麥餅出來招呼客人，他不敢吃，説趕時間上路要先走了。趙季和出門後躲在屋外隱蔽的地方偷偷望進去，看見那些客人圍着桌子吃點心，點心還未吃完便一個個倒在地上，嘴裏發出驢叫的聲音，不久一個個都變成了驢子。三娘子把牠們一隻隻趕去店後。他們的財產當然都歸她所有了。

趙季和沒有將這件事告訴別人，一個多月後他辦妥事情回來，再到板橋店投宿。不過他帶來了一樣東西，便是跟三娘子做的那些大小相同的蕎麥餅。

三娘子見他是熟客，殷勤招待。這天店裏沒有客人，趙季和要求再住上次住過的房間，當晚又窺見三娘子像上次那樣，做好了一批蕎麥餅。第二天早上，三娘子為趙季和準備了包括蕎麥餅在內的早點，走開去做其他工作。趙季和把自己帶來的餅換了其中一個。

趙季和吃早餐時對三娘子說：這次我自己帶了燒餅來，味道甚好，你為我準備的留給其他客人吧。他自己一面吃一面拿那塊換回來的餅對三娘子說：「我這餅味道極佳，請你吃一件試試。」三娘子接過去吃了一口，便跌在地上發出驢叫的聲音，跟着變成一隻壯健的驢子。

趙季和從三娘子的箱子裏找出木牛、小木偶和耕具，但因為不懂法術，無法差遣它們工作。他便騎上這隻三娘子變的驢子周遊各處，日行百里。

四年後，他騎着驢子經過華岳廟附近，路旁一個老人對着驢子拍手大笑說：「板橋三娘子，怎麼變成這樣子了？」他拉着驢子對趙季和說：「她雖然是自作自受，但你也折磨得她夠了。可憐呀，請你就放過她吧！」說着老人從驢子的口鼻旁邊，向兩邊擘開，三娘子從驢皮中跳了出來，向老人下拜謝恩，匆匆走了，從此不知去向。

看了《板橋三娘子》的故事之後，我對爸爸說，這故事實在奇情，真佩服作者的想像力。這使我想起現今的毒品問題，有人悄悄在家中種植大麻，引人服食上癮之後，把人變成蠢驢，難以脫身了。

水鱉頭上的銀釵

我又問爸爸，人變動物除了受懲罰和中了邪道之外，可還有其他原故？

爸爸說：「還有神祕的原因不明的人與動物的轉化。唐朝僧人道世編纂了一本類似佛教百科全書的《法苑珠林》，裏面有一則故事——

> 漢靈帝時，一位姓黃人家的母親在家沐浴，很久都不起來，婢女去看她，發現不見了她，浴盆中卻有一隻大鱉（音別，又名甲魚、團魚，廣東人俗稱水魚）。婢女吃驚地呼叫家人來看，那大鱉卻爬出門外，走進一處水潭。後來這大鱉還不時出現。黃家的母親洗澡時頭上戴有一枚銀釵，這大鱉的頭上也有一枚。從此這家人再不敢吃水鱉的肉。

「這故事能證明水鱉是黃家母親變化而成，全憑她頭上那根銀釵，否則就是一宗神祕的人口失蹤案了。」

梁祝的蝶變

隔壁的徐老太請我和妹妹到她家吃湯圓，説是他們的家鄉食品。湯圓有豆沙餡，有芝麻餡，果然又香又甜又糯。徐老太說煮湯圓也講技巧，不然一隻隻煮破了，餡都會流出來。我們吃時，妹妹看見露台上的花槽旁飛來一對彩蝶。徐老太說：「啊，我們浙江人叫這種蝴蝶做『梁山伯和祝英台』。」

「徐老太，你們不是上海人麼？」我一直以為徐老夫婦是上海人。

「上海是江蘇省的大都會，我們是浙江寧波人。但上海人說的話反而不像江蘇話，卻跟我們浙江人說的話很相近。所以人家叫我們上海人，我們也不否認。」妹妹乖巧地說：「徐老太的廣東話也說得很好哦！」徐老太帶點驕傲地指一指徐老伯：「我是說得比他好，來香港不知不覺四十多年了，他至今還是一口上海音。」

妹妹到露台去看那對彩蝶，牠們在花間飛一會兒停一會兒，終於飄飄的飛走了。

妹妹問徐老太：「為什麼叫牠們做『梁山伯和祝英台』？」

「你們沒有聽過《梁祝》的故事嗎？」

我提醒妹妹：「爸爸有《梁祝小提琴協奏曲》。」徐老太瞄一眼徐老伯說：「我們年輕時愛看越劇《梁山伯和祝英台》，是有名的演員袁雪芬、范瑞娟扮演的，好聽到不得了……」

我萬想不到徐老太和徐老伯忽然同聲唱了起來：

「三載同窗情如海，山伯難捨祝英台，相依相伴送下山，又向錢塘道上來……」

「小弟弟呀，」徐老太說，「這是《十八相送》開頭的一段，後來祝英台被迫配婚馬家，梁山伯一氣病倒，而且一病不起。祝英台出嫁時去梁山伯墓前哭墳，墳墓忽然裂開，祝英台跳了進去，不久墓中飛出一對彩蝶，是梁、祝的精靈變成。從此民間就把那一對花間飛舞的彩色鳳蝶叫做梁山伯和祝英台了。」

這時徐老伯拿出一張唱片，上面寫着《梁山伯與祝英台》，他說：「這唱片我們已聽過無數次了。」

「唷，這是古董！我們家裏已經沒有聽唱片的唱機啦。」我和妹妹都沒見過這玩意呢。

徐老太歎一口氣：「半個世紀之前的好戲呀，時間過得真快！」

從徐老太家回來，妹妹忽然看到露台上有對鳳蝶在飛，她喊道：「梁山伯和祝英台呀！」

這對蝴蝶一定是從徐家的露台飛過來的。

我說：「這也是人化做物的傳說，不過是在人死後。」

爸對那鳳蝶也感興趣，忙着找相機來拍，到他找到相機時，蝴蝶已飛走了。

爸說：「這類人死後化為其他生物或物件的故事，中國有許多。卓倫，我給你一份『功課』，你去找五個這樣的故事，把它們寫下來，每則不多過三百字。」
妹妹說：「我也要做！」
爸說：「你就根據故事的意思去插圖好不好？」
「好！」妹妹很雀躍。

兩個星期後我們把一本小書交給爸爸，書名叫《不屈的靈魂》，作者：卓倫，封面及插圖：卓婭。

爸爸先看看封面，見上面畫了一個大海，海邊有一個村莊，杜鵑花正盛開，花叢裏有一隻杜鵑鳥。一條小河在村邊流過，河裏面有一對鴛鴦和一隻樣子可憐的鳥，正在叫着，叫聲用文字寫出來，是「苦哇！」兩個字。大海的上空有一隻小鳥在飛，牠嘴裏啣着一根樹枝。村莊後有一座山，山頂有一塊大石，像是一個婦人揹着一個小孩在眺望。

爸一面看一面微笑着點頭。

打開書頁是我寫的五個故事，都用電腦打字。每個故事有一幅插圖，是封面圖畫的局部放大。

故事一：不甘心的精衛

太陽神炎帝有一個小女兒名叫女娃，有一天獨自到海邊玩耍，不幸被風浪捲去，溺死在海中。

她的精魂變成一隻小鳥，頭上有花紋，白色的喙，紅色的腳爪，發出「精衞！精衞！」的悲鳴，因此人們稱這種鳥做「精衞」。牠不停的啣着石子和樹枝拋擲到海裏，好像誓要把這害死她的大海填平。

故事出自《山海經》，晉朝大詩人陶淵明有《讀山海經》詩，其中兩句是：

「精衞銜微木，將以填滄海。」

故事二：孔雀東南飛

漢朝末年有個小吏名叫焦仲卿，娶妻劉氏，十分恩愛。但焦仲卿的母親不喜歡她，把她趕回娘家。劉氏坐車，焦仲卿騎馬，兩人在途中誓言永不相負。

劉氏回娘家後，家人迫她再嫁，為她説成了一頭親事。焦仲卿聽到這個消息，從外地趕回來見妻子，相約黃泉下相見。結果劉氏投水死了，焦仲卿也自縊而亡。兩家人都十分後悔，把他們合葬在一起。墳地的四周種了松柏和梧桐。

不久樹下出現了一對鴛鴦鳥兒，「仰頭相向鳴，夜夜達五更」。這則用詩寫的故事叫後世人汲取這慘痛的教訓，「戒之慎勿忘」，別讓悲劇重演。

「孔雀東南飛」是這首詩的第一句，是古代詩歌稱之為「興」的一種形式，帶起整首詩歌，內容與孔雀並無關連。

故事三：望夫石

中國許多地方都有望夫石或望夫山，香港的沙田便有望夫石。流傳的故事大同小異。

出現較早的一則見《列異傳》，相傳是三國時曹丕所著。

據説從前有個極愛丈夫的妻子，丈夫要服兵役到遠處去打仗，她帶同幼小的兒子為丈夫送別，一直送到武昌新縣的北山上。她悲哀地望着丈夫離去，竟然變成一塊石頭。大家就叫這石塊為望夫石。

故事四：杜鵑啼血

杜鵑啼血是五代蜀國望帝的故事，有好幾個不同的說法，下面是其中一個。

蜀國的國君望帝，十分愛護百姓，百姓也愛他。

後來一班龍蛇鬼怪造成一場重大水災，幸得大臣鱉靈（據說他是一隻大鱉變的）打敗了這班妖魔，人民才得安居樂業。望帝見鱉靈如此能幹，便把王位讓給他，自己到西山過着靜修的生活。

後來鱉靈有點自傲，變得獨斷獨行，不大關心百姓了。消息傳到望帝耳中，他十分憂心，結果在擔憂中死去，魂魄化成了杜鵑鳥兒，牠不停地呼喚着，希望新王能夠覺悟。牠苦苦地叫着，連血都叫出來了，把花瓣都染紅了，就是現在的杜鵑花。

故事五：苦哇鳥

苦哇鳥又叫姑惡鳥，叫的聲音就是「苦哇！苦哇！」或者「姑惡！姑惡！」。「姑」指丈夫的母親，現在稱「家婆」，以前稱「家姑」。

民間故事裏說曾經有一個惡家姑，恃着她的權威虐待媳婦，不讓她吃飽，要她做許多辛苦的工作，一不順心就罵她、打她，結果她被虐待死了，靈魂化做一種鳥兒，不停地訴說自己的冤屈：「苦哇！苦哇！」或是譴責地說：「姑惡！姑惡！」

爸一頁一頁仔細的看了我的作文和妹妹的圖畫，幫我改了幾個字，又對妹妹說：「精衞鳥、苦哇鳥都沒有圖片可以參考，你是怎麼畫出來的？」

「靠想像囉！」妹妹得意地說。

「很好，很好！」爸爸還拿給媽媽看說，「虎父無犬子也無犬女哦！」

媽說：「應該說虎母無犬子也無犬女，你不是說我是老虎乸嗎？」

沒有腦袋也作戰

過了幾天，我把跟妹妹合作的《不屈的靈魂》重新修改了一遍，妹妹也替圖畫加上顏色。

不過在我重看這些故事之後有一個感慨：故事的主角雖然有不屈的靈魂，卻是無濟於事，只能發出悲哀的呼叫。

這天爸爸提起「刑天」的故事：刑天是《山海經》上記載的人物，他斗膽跟天帝爭位，結果被砍掉了腦袋。沒有了頭顱的刑天，就用乳頭當作眼睛，用肚臍做嘴巴，一手拿着盾牌（干），一手拿着斧頭（戚），揮舞着準備繼續作戰。晉朝大詩人陶淵明讀到這段記載時寫了一首詩，其中兩句是：「刑天舞干戚，猛志固常在。」詩句表現了這種不屈不撓的精神。

妹妹皺着眉說：「一個無頭人，手上還拿着兵器揮動，很可怕啊！」

爸爸說：「悲憤的力量可以很強大。」難怪人家時常說：化悲憤為力量。「你們聽過孟姜女的故事沒有？」

妹妹眼珠子一轉：「啊，我記起了。徐老太會唱一首《孟姜女送寒衣》的小調，她唱過許多次，開頭幾句是這樣的：

正月裏來是新春，家家户户點紅燈；
人家丈夫團圓聚，孟姜女的丈夫造長城。」

妹妹唱的時候，連徐老太的上海口音也學到了，我真佩服她的模倣能力。

把長城也哭塌

「孟姜女的故事由來已久，他的丈夫叫萬喜良，也有叫范杞梁、萬杞梁的，漢朝時編的《列女傳》已經有這個故事。」爸在書架上拿了《列女傳》翻到那一頁讀給我們聽：

「杞梁之妻乃枕其夫之屍於城下而哭之，內誠動人，道路過者，莫不揮涕。十日而城為之崩。」

「這故事中的杞梁是戰國時齊國的將士，因作戰而死。他的妻子哭得傷心，連城牆也哭得崩塌了。這悲哀的力量是多麼大！不過故事後來在民間流傳，有許多不同的説法，其中一個較流行，説秦始皇築長城，要萬人殉葬，城才堅固。因萬喜良姓萬，便拿他來代替一萬個人，把他埋在城牆裏面。他的妻子孟姜女送寒衣來到長城，知道丈夫已經犧牲，便在城牆邊哀哀痛哭，結果城牆倒塌，萬喜良的屍體出現。有一首傳遍全國的民歌叫《孟姜女》，據説她送寒衣經過關口，被看守的士兵留難，她對他們唱出一首十二個月都思念丈夫的小曲，感動了士兵，讓她通行。」爸爸猜徐老太唱的大概就是那首了。

妹妹説徐老太整首歌的詞記不全了，只會唱幾個月。我説：「要找齊十二個月的歌詞相信不難，上網找找看。」結果我在《中國民歌》的網頁上找到。

原來媽媽對這首歌的調子也有印象，在妹妹的帶領下，我們一家把十二個月都唱了一遍：

《孟姜女》

正月裏來是新春，家家户户點紅燈；人家丈夫團圓聚，孟姜女的丈夫造長城。

二月裏來暖洋洋，燕子雙雙到南方；燕巢造的端端正，對對成雙歇畫梁。

三月裏來是清明，桃紅柳綠百草青；家家墳上飄白紙，喜良家的墳上冷清清。

四月裏來養蠶忙，姑娘雙雙去採桑；桑籃掛在桑枝上，揩把眼淚採把桑。

五月裏來是黄梅，黄梅發水淚滿腮；家家田裏黄秧插，孟姜女的田裏草成堆。

六月裏來熱難當，蚊子飛來嘴吻長；寧可叮我千口血，莫叮我夫萬喜良。

七月裏來七秋涼，家家防冷做衣裳、皮、棉、單、夾都做到，孟姜女的家中是空箱。

八月裏來雁門開，北地先涼冷信來；喜良身上衣單薄，並無雁足帶書來。

九月裏來是重陽，家家飲酒菊花香；滿滿篩來我不飲，毫無心緒賞重陽。

十月裏來稻上場，牽籠打米納官糧；家家都把官糧納，孟姜女家裏身抵擋。

冬月裏來雪花飛，孟姜女千里送寒衣；前面烏鴉來領路，走到長城冷淒淒。

臘月裏來過年忙，家家户户祭祖先；人家都有豬羊殺，孟姜女家中空蕩蕩。

今天爸爸拿出一本《聊齋誌異》來，叫我看其中一篇〈促織〉。他說「促織」即是蟋蟀，這是一則寫得極好的化悲憤為力量的故事。

「蟋蟀」，我知道，因為爺爺跟我說過，他們小時候沒有什麼玩具，在大自然中卻可以找到許多好玩的東西，蟋蟀便是其中一種。因為牠們喜歡打架，打勝的一方振翅長鳴，打輸的一方狼狽奔逃，很是有趣。有些大人利用鬥蟋蟀來賭錢，小孩子在田間或園子裏找尋善鬥的蟋蟀，同伴間互相比賽，可以玩得廢寢忘餐。

〈促織〉的故事說明朝宣德年間，宮中流行鬥蟋蟀，便下令各地進貢戰鬥力強的蟋蟀。

某地有一個叫成名的讀書人，被強迫做了里正（保長之類的地方小官），要負責找一頭好蟋蟀上貢。他花不起錢買，又不敢壓迫鄉里拿錢，只得自己去尋找。千辛萬苦之後，終於讓他尋得一隻樣子長得很好的名種放在盆裏，等待上貢。

成名有個九歲的兒子，由於好奇，趁父親不在，打開放蟋蟀的盆來看，那蟋蟀從盆中跳了出來，兒子連忙去追，到他把蟋蟀撲進手中時，已經破了肚皮斷了腿，死了。兒子很害怕，告訴母親。他母親嚇得面如死灰，說：「你死期到了，爸爸回來不知該怎麼跟你算帳！」孩子哭着走了，到成名回家，找不到兒子，最後在井裏找到他的屍骸。父母悲傷欲絕，卻發現兒

子似乎還有微弱的呼吸，便把他放在牀上，半夜總算蘇醒過來，但神氣癡呆，老是想睡的樣子。

這晚成名想起進貢蟋蟀的期限已到，真不知如何應付，整晚無法入睡。快天亮時，他忽然聽到門外有蟋蟀叫聲，追尋下找到一隻樣子普通的蟋蟀，試鬥的結果，原來戰鬥力很強，鄰家的一隻蟋蟀也給牠打敗了。

成名正歡喜時，一隻公雞走來，想啄這隻蟋蟀。他大驚，蟋蟀卻跳上雞冠，用力叮着不放，使公雞狼狽不堪。成名把蟋蟀呈給縣官，縣官起初嫌牠樣子普通，但試鬥的結果竟然所向披靡，就把牠獻給撫軍，撫軍很高興，用金籠裝載獻給皇上。這蟋蟀在宮中全無敵手，每戰必勝，還會跟隨音樂舞蹈。撫軍和縣官都獲得厚賞，成名也從此可以免役。直到一年之後，他的兒子才恢復清醒。自己說好像做了一場夢，化身做蟋蟀，很敏捷善鬥，奮力要打贏每一仗，直到如今才從夢中醒來。

我覺得這是一則很好的童話故事，反映了社會的不平和黑暗，也讚美了一個小孩子愛父母、愛家庭和力戰不屈的精神。

書架漫遊

《西遊記》

明朝吳承恩作的神魔小說。敘唐僧往西天取經，其弟子孫悟空於路上降妖伏魔、排除險阻的故事。

《聊齋誌異》

清朝蒲松齡撰的短篇小說結集，作者借談狐說鬼，抒發對現實的不滿，刻劃社會的黑暗污濁。

《孔雀東南飛》

是一首一千七百多字的古樂府詩，可以在《古詩源》卷四中找到。

夢、夢、夢

70 夢中得治國之道

68 南柯一夢

66 黃粱一夢

65 成語中的夢故事

64 《牡丹亭》之夢中戀

61 大夢誰先覺

57 中國最有名的夢

56 妹妹的貓夢

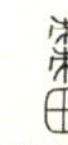

妹妹的貓夢

吃早餐的時候妹妹說昨晚做了一個夢，一個奇怪的夢，夢中她變成了一隻貓。我覺得妹妹真是有趣極了：「唔，你一定是受那蟋蟀的故事影響。」

妹妹說她變成一隻貓，一隻黑白花的小貓，跟我家的「弟弟」在一起，「弟弟」教她許多貓世界的知識。

我：用人話還是貓話？

妹：「弟弟」說的是廣東話，但有貓的口音。

我：你學來聽聽。

妹：（貓聲貓氣的學着）**你有冇膽子跟我跳上屋頂瞄瞄？從那裏望出去真的妙妙，我想你認識我的貓友，牠們都是天生的美貌。**

我：你見到牠的貓友嗎？

妹：見到了，大的、小的、胖的、瘦的、黃的、黑的，都妙妙地跟我打招呼，很親熱，很友善。後來牠們說想舉行一場捉老鼠比賽，比賽地點就在我家廚房。廚房的一角堆滿一袋袋的食物，「弟弟」一貓當先，口腳並用拉開一箱即食麵，突然一大羣老鼠從食物堆後面衝出來，吱吱的叫着，到處亂竄，嚇得我尖聲高叫，就這樣醒了。

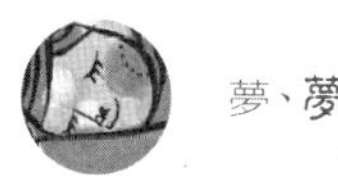

中國最有名的夢

聽了妹妹的惡夢，爸爸說：「中國文學和哲學上最著名的夢，就是人變成其他生物的一個夢。這個夢我想你們先看看原文，因為文章並不長。」

爸隨手在書架上抽出一本《莊子》，把其中〈齊物論〉的最後一段給我們看：

「昔者莊周夢為胡蝶，栩栩然胡蝶也，自喻適志與！不知周也。俄然覺，則蘧蘧然周也，不知周之夢為胡蝶與？胡蝶之夢為周與？周與胡蝶，則必有分矣，此之謂物化。」

爸知道我們看不大懂，便解釋說：「栩栩」，音「許許」，生動的樣子；「蘧蘧」，音「渠渠」，驚覺的樣子。整段的意思是：

從前莊周做了一個夢，夢見自己是一隻蝴蝶，飛呀，飛呀，很生動的樣子，心裏也很高興，不知道自己是莊周。忽然他睡醒了，還是一個心兒卜卜跳的莊周。不知是莊周做夢變了蝴蝶，還是蝴蝶做夢變了莊周？

當然莊周與蝴蝶是有分別的，但在夢中卻不知道呀！說莊周是蝴蝶也可以，說蝴蝶是莊周也可以，二物化合為一，這就叫「物化」。

妹：莊周記這個夢有什麼含義呢？

爸：你們覺得呢？

我：他的想法很有趣，卻也表達了莊子認為萬物齊一，人和蝴蝶沒有誰高誰低，眾生平等的意思。

妹：這個故事會使我們尊重其他生物，因為我可能是一隻蜜蜂夢中的女孩，或是一隻小貓夢中的卓婭。

爸：這個故事引起許多人的想像和感慨，作為典故，運用到文學中去。你們還記得杜鵑鳥的故事嗎？唐朝詩人李商隱，把這兩個故事寫在一首詩中，便是：

莊生曉夢迷蝴蝶，
望帝春心託杜鵑。

今天細舅父來探訪我們，他是媽媽最小的弟弟，比媽媽要小十歲，正在中文大學唸中國文學碩士班。媽留他吃飯，他也不客氣。不過他吃素，這一點媽媽是知道的，所以特別為他炒一碟芥蘭，另煮一味豆腐。爸問他吃素幾年了，細舅父說五年了。他不覺得有任何的營養欠缺，精神好得很。

他為什麼吃素的故事，我們都聽過，那是因為有一次他到中國內地旅行，經過一處鄉村，見到一個農夫正拉着一頭老牛，老牛跪在地上不肯走，不少人在圍觀，說這牛有靈性，知道是拉牠去屠宰的。細舅父還聽到老牛發出一聲聲哀鳴，眼中流出淚來。他不忍再看，匆匆的離開，從此決定吃素。

大夢誰先覺

爸問細舅父最近在看什麼書，他說《紅樓夢》。爸說：「早看過了吧？」舅父說第十次了，一次有一次的得着。

爸問這次有什麼得着？細舅父說整本《紅樓夢》是一個夢，而大夢中又有許多小夢。《紅樓夢》中的人物，既是一個奇異夢境的夢中人，卻又個個都是做夢的人。可悲的是好夢少，惡夢多；能醒的少，不醒的多。

爸說中國幾大名著，除了以夢命名的《紅樓夢》之外，《三國演義》雖然寫歷史，卻可以看做一場混亂的羣雄之夢：

諸葛亮在劉備三顧草廬之後肯出山，就是想協助劉備完成一個恢復漢室之夢。他一早便知道前途艱危，但既有理想，便要立定宗旨，鞠躬盡瘁，死而後已。

當劉備第三次去探訪他時，他正在草堂午睡，睡醒時吟詩曰：

大夢誰先覺，平生我自知；
草堂春睡足，窗外日遲遲。

看來諸葛亮早已明白這不過是大夢一場，他是一個先知先覺的智者，但是他願意明知不可為而為之，不想白白負了這一生。

「這就是一種壯烈的精神呀！」細舅父說。

「《水滸傳》你看過多少遍？」爸爸問細舅父。

「五遍。」

「是一百二十回的還是七十回的？」

「一百二十回的兩遍，七十回的三遍。」

「你喜歡哪一種？」

「七十回的。」

「為什麼？」

「我不太喜歡水滸英雄接受招安之後的情節，我覺得前七十回寫草莽英雄神完氣足，七十回之後便漸漸走向衰敗，最後悲劇收場。」

「我的感覺跟你一樣。」爸說，「據說是清朝才子金聖歎把七十回之後的《水滸傳》斬掉。他讓一百零八條好漢聚義梁山泊之後，借好漢之一盧俊義的一場惡夢，把整個故事在最完美處收結。這場惡夢是這樣的——」爸翻到《水滸傳》下集〈忠義堂石碣受天文，梁山泊英雄驚惡夢〉章回。

> 說時遲，那時快，只見一聲令下，壁衣裏蜂擁出行刑劊子二百一十六人，兩個服侍一個，將宋江、盧俊義等一百單八個好漢，在於堂下草裏，一齊處斬！
>
> 盧俊義夢中嚇得魂不附體，微微閃開眼，看堂上時，卻有一個牌額，大書「天下太平」四個青字。

「讓並未真正發生的悲劇作為故事的終結，不排除他日悲劇成真，是一個聰明的安排。」

每次細舅父一來，爸就跟他談得興高采烈，我卻是半懂不懂。聽他們這次談《紅樓》、《三國》、《水滸》，我覺得夢與文學創作的關係真的很密切。或許文學創作需要幻想，而夢是最容許幻想馳騁的境界。

臨走前細舅父問爸爸看了作家白先勇監製的青春版《牡丹亭》沒有？爸説錯過了，細舅父說他也錯過了。這古老的崑劇以全新面貌在北京、上海、香港、台灣等地演出超過百場，到處轟動，卻也是一個「夢」的故事。

「原來姹（音詫）紫嫣紅開遍，似這般都付與斷井頹垣。」

細舅父唸出了兩句，爸接着唸：

「良辰美景奈何天，賞心樂事誰家院！」

見我和妹妹莫名其妙的樣子，爸說：「這是《牡丹亭·驚夢》中的唱詞。」我奇怪他們怎會記得。

細舅父告辭後，我要爸爸講一講《牡丹亭》的故事。

原來這是明朝戲曲家湯顯祖的作品，故事說大官杜寶的女兒杜麗娘春天遊園時做了一個夢，夢見一個書生手持柳枝進園，兩人一見鍾情。杜麗娘醒後思念成疾病逝。後來她的鬼魂找到夢中情人柳夢梅，要他把她從墳墓中掘出來。結果杜麗娘復活，二人終成佳偶。

成語中的夢故事

爸又說，在中國傳奇故事中，有兩個夢是常被人提及的，已經成為成語，它們是「**黃粱一夢**」和「**南柯一夢**」。爸叫我試把這兩個故事找出來。

爸的「功課」並不難做，我在他的書架上找到魯迅校錄的《唐宋傳奇集》，這兩個故事都有。

黃粱一夢

出自唐朝沈既濟寫的《枕中記》，故事講一個姓盧的書生，在一家旅店歇宿，遇見一位姓呂的道士。盧生慨歎生活並不如意，至今無所成就。當時店主人正煮小米飯(黃粱)，道士從囊中拿出一個枕頭給他，叫他枕着來睡，便會有奇遇。

盧生發現自己進入了枕中，那裏面是另一個世界。不久他娶了一位富女崔氏為妻，生活日益寬裕。第二年他中了進士，做了官，很有政績。他開河、破賊、築城，受到朝廷獎賞。

但後來他被奸人誣害下獄。他歎息說：「我家有五頃薄田，已夠生活，如今落到這田地，想穿上休閒服裝，在邯鄲(音寒單，戰國時趙國都)道上騎馬蹓躂也不可得了。」他拿出刀來想自刎了此一生，被妻子救下。後來皇帝知道他是冤枉的，給他升了官，封他為燕國公。他生了五個兒子，各有成就。八十多歲的時候他病了，屢醫無效，不久逝世。

夢中的他死了，那邊盧生便醒來，發現自己仍在旅舍中，姓呂的道士在他身旁，主人家煮的小米還未熟，原來方才種種只是一瞬間的事。

盧生感覺人生原來只像一場夢，他向道士致謝說：「一個人的榮與辱，富與貧，得與失，生與死，原來不過如此，謝謝你使我明白和覺悟。」這故事同時另有一個名字：「邯鄲一夢」。

南柯一夢

這故事出自唐朝李公佐寫的《南柯太守傳》，說吳楚地方一位遊俠之士淳于棼（音焚），曾經做過軍中小將領，因為醉酒得罪了上級被撤職，便放縱飲酒度日。他所住屋子的南邊有一棵大槐樹，他時常與一班豪士在樹下喝酒。有一天他喝醉了，被朋友送回家，睡在大堂東邊的走廊下。

睡夢中他見到兩個紫衣使者，說代表槐安國王來邀請他作客。他進入槐安國後得到國王的殷勤招待，並且娶了國王的女兒金枝公主，做了駙馬。國王派他去做南柯郡的太守共二十年，人民安居樂業，對他十分擁戴。

後來有檀蘿國派兵來犯，他派出的將官輕敵，打了敗仗。不幸的是公主又生起病來，很快便逝世了。駙馬回京，無所事事，結交了許多朋友，漸漸使國王對他有疑忌之心。淳于棼因此鬱鬱不樂，國王也知道他的心情，建議他回家。

又是那兩個紫衣使者送他，抵家後見到自己睡在家中的東邊走廊下。起初他不敢走近，兩位使者喊他的名字，他便驚醒。見家人在庭中掃地，兩位客人坐在榻上洗腳，夕陽還未在西山隱落，看來他睡了不久，夢中卻已一世。

後來他與客人一同到屋外去發掘槐樹下的洞穴，發現樹底下有幾個蟻洞，裏面有大羣的蟻，包括身軀龐大的蟻后、蟻王。另外一個蟻穴在向南的一根大枝椏下，相信就是他曾經管治的南柯郡了。

淳于棼請客人幫他把蟻穴掩蓋如初，不過這天晚上風雨暴發，之後蟻穴再不見有蟻羣，不知到哪裏去了。

我覺得這兩個故事都有一個「人生如夢」的主題，其間窮通得失只不過是一瞬間的事，立意頗有點消極。不過作者卻富有想像力，尤其是《南柯太守傳》寫螞蟻國狀況，有如一個童話國度。作者不選其他生物而選螞蟻，或許因為牠們的確有組織有分工，就像我們人類社會的雛型，這使故事顯得更真實。

夢中得治國之道

爸看了我的功課之後說：「『人生如夢』的想法的確有點消極，戰國時代列禦寇在《列子》一書中，記載了一則黃帝的夢境，卻有助於他治國的理念，你們想不想聽？」

妹妹故意說：「不想聽，又輪不到我們治國。」

「你沒聽說兒童是未來的主人翁嗎？都說我們是黃帝子孫，老祖宗重視的東西，我們也不該輕視呀！」我說。

於是爸清一清喉嚨說：

「黃帝領導國家三十年後，覺得問題仍然很多，而自己的聰明才智已去到盡頭。於是他放下千頭萬緒的政事，讓自己到別館裏休息了三個月，之後他白天午睡，做了一個夢，夢見自己到了一個叫『華胥』的奇怪國家。那裏沒有國王君主，一切順其自然；民眾沒有嗜好慾望，同樣順其自然。他們不迷戀生存也不厭惡死亡，所以無所謂夭折；不偏愛自己，不疏遠他物，所以無所謂愛憎。他們分不清背叛順服，因此沒有利害關係。他們沒有愛惜，也沒有畏忌。掉進水裏不會淹死，投入火中不會燒傷。刀砍鞭打不會造成傷痛，指甲搔爬不覺得酸癢。在空中如履平地，無物承托着睡覺也像在牀上一樣。雲霧擋不住他們的視線，雷霆擾亂不了他們的聽覺。好的醜的不會攪亂他們的心緒，崎嶇的山谷不會使他們腳步踉蹌⋯⋯黃帝夢醒之後，高興地呼喊道：我明白啦！我得到啦！他再領導國家二十八年，天下大治，國家的情況幾乎像華胥國一樣。」

妹妹抓頭說：「他明白什麼了？他得到什麼了？」

我說：「大概是一切順其自然吧。」

爸說：「唔，『順其自然』的想法現在看來還是十分的先進，不要破壞環境，順從大自然的規律，正是挽救地球之道。」

妹妹說：「那不但是治國之道，還是全人類挽救自己的策略了。黃帝這個夢可不簡單！」

書架漫遊

《莊子》

戰國時莊周及其弟子所作，表述莊子的哲學思想，其中有不少寓言故事，同學們可以找白話譯本來看。

《紅樓夢》

清曹雪芹作，古典小說經典中的經典。研究《紅樓夢》的書多得不可勝數，已成為「紅學」，很多都值得一看。

《三國演義》

元末明初羅貫中著歷史小說。

《水滸傳》

明施耐庵著，一百零八個好漢寫得栩栩如生，部分暴力血腥描寫並不健康。

《牡丹亭》

明朝湯顯祖著的傳奇，是這位戲劇家最好的作品。

《唐宋傳奇集》

魯迅校錄，共八卷，收錄故事四十八篇。

76 不存在的國家
80 君子國——借君子打小人
84 女兒國——借女子責男人
86 勞民國——沒有啪丸也Fing頭
88 酸國和臭國
90 羅剎國的美醜

押
北

不存在的國家

爸爸書房的牆上有一幅世界地圖，有時他看着看着報紙，就會到地圖上找尋新聞發生的地點。

今天爸爸正在看地圖，妹妹問：「大槐安國在什麼地方？」

「大槐安國？」爸起初不明白，後來笑着說：「你是說『南柯一夢』裏那個蟻國？太小了，地圖上找不到。」

爸又說：「其實地圖上找不到的國家多着呢，他們只是傳說中、想像中的國家，像中國有名的神話地理書《山海經》，提到的國家有五十多個，但除了匈奴、朝鮮之外，其他的國家都難以考究了。」

「這位作者如此長於無中生有，是誰呢？」我問。

「作者究竟是誰，至今還沒有確定。漢朝的劉歆把這本書獻給漢武帝，說是夏禹治水時，帶着大臣伯益遍歷九州，後來伯益把所見所聞記載下來，成了這本奇書。但後來的考據家認為這說法不可靠，此書應該是多人合作的產品，大約成書於戰國時代。書中記載的是各地山川形勢、部族、物產、祭祀、醫巫、原始風俗，更參雜了一些怪異的風土民情、遠古的神話傳說。」

「是怎樣的怪異和神化？」妹妹問。

爸：例如有人面魚身的國家。

妹：那不是像美人魚了？

爸：有人民長得像狗的國家。

妹：說話是不是汪！汪！汪？

爸：有胸口有一個大洞的。

妹：像一個古代的銅錢？

爸：有長生不死的。

妹：全國大部分都是老人了？

爸：有三個頭的。

妹：是不是六隻手臂？

爸：有只得一隻手臂的。

妹：怎麼扭毛巾？

爸：有一隻眼睛的。

妹：配眼鏡便宜一半？

爸：有大人國、小人國。

我：我看過《格利佛遊記》，也有大人國、小人國。

爸：有君子國。

我：個個動口不動手，還是食飯離檯三尺？

爸：有全身長毛的。

我：豈不是人人都毛手毛腳？

爸：有整天工作不停的國家。

我：就像我們香港人。

「因為是較早期的文字，記述簡單，並不有趣。不過清朝的李汝珍寫了一本小說《鏡花緣》，書中主角秀才唐敖，商人林之洋，水手多九公，同往海外經商，把《山海經》中提及的國家幾乎一一遊遍，發揮了他豐富的想像力，那就好看得多。」爸說。

君子國——借君子打小人

在未看《鏡花緣》之前，爸叫我們試試想像其中幾個國家，生活會是怎樣一種情況？然後拿《鏡花緣》中所描寫的來比對，可能更為有趣。

我們想像的第一個國家是「君子國」，《山海經》中形容這個國家的特點只有一句：「其人好讓不爭。」

我跟妹妹一人一句說：

「他們上車不搶座位。」

「搭電梯讓別人先進去。」

「他們讓座位給老人家和孕婦。」

「吃東西時讓別人先嘗。」

「你們說得也對，不過你們只着眼一個『讓』字，既然叫『君子國』，應該還有別的行為符合他們的國民表現，你們知道『君子』的意思嗎？」爸繼續引導。

我們又接着說：

「君子動口不動手。」

「君子不吃眼前虧。」

「君子報仇，十年未晚。」

「君子不立危牆之下。」

爸爸笑說：「這些俗語中的『君子』其實都名不副實。君子是指行為端正，品德高尚的人。你們再想想他們該有怎樣的表現？」

「不賣假貨和劣質的東西謀取暴利。」

「大公無私。」

「彬彬有禮。」

「唔，差不多啦！」爸說，「你們看看《鏡花緣》第十一回和十二回，看他是怎樣通過具體的事情來描寫這個國家的。」

幾天之後，我們都讀過了，為之神往不已。妹妹和我分別舉例說：

「耕田的人在田間小路上互相禮讓對方，街上走路的人也是這樣。」

「不論是讀書人還是平民百姓，有錢沒錢，舉止言談都恭敬有禮。」

「買賣場上，賣貨的自動減價給對方，買東西的反而要加價錢給對方。」真是不可思議！

「唔，」爸說，「君子國的人對大唐的社會風氣頗了解，並且提出批評，你們記得嗎？」

「記得，」我說，「他們說大唐人為了找風水福地，父母死去多時也不下葬，使死者不能入土為安。」

「生下子女，三朝、滿月、百日、週歲都要大排筵席，宰殺許多豬羊雞鴨，這不是上天賜一生靈、人間卻要傷害許多生命嗎？」妹妹也搖頭。

「社會上又有好打官司的風氣，訴訟不斷，弄得許多人焦頭爛額。」我想起便頭痛。

「又喜歡鋪排豪華筵席，用來炫耀財富。」

「還有婦女纏足的惡習，使女性受盡苦楚，弄得雙腳殘缺，走路也不方便。」

「結婚之前要拿時辰八字去合算，看是否相配，這種迷信愚蠢可笑。」

爸不住點頭：「你們的記性不錯！君子國的人批評大唐社會有這許多不好的風氣，也就是說君子國沒有這些陋習，他們一定是不迷信、不奢侈、愛惜身體、社會和諧的了。」

「似乎我們現在的社會也未曾達到君子國的標準呢！」我說。

「還差得很遠！」妹妹似乎也很不滿意呢。

「《鏡花緣》中寫得最有趣的是女兒國，那《山海經》只是提一提國名，而且奇怪的說：『兩女子居』，似乎全國只有兩名女子。如果真有一個女兒國，你們試想想是怎樣一個光景？」爸帶我們想像的國度，一個比一個奇異。

「我聽說中國雲南省有女兒國，細舅父曾去過，說那裏是什麼『母系社會』。」我還看過細舅父拍的照片。

「什麼是母系社會？」妹妹瞪大眼問。

「便是以女性為中心的社會，女性是一家之主，男子要『嫁』到女子家裏。」爸嘗試用簡單的話解說，「不過這是一個簡單的說法，想知道得詳細，要找歷史學和社會學的書來看了。」

「男子婚後住在女家不是一直都有嗎？好像叫『入贅』。」我似懂非懂地說。

「是的，往往由於女家人丁單薄，只有女兒，沒有兒子，兩老希望女婿住過來，讓兩老得到照應。但這是個別例子，《鏡花緣》中的女兒國則是一個女性中心的社會，和我們的男女位置互調。」爸說。

「是不是變成男主內，女主外了？」我問，「男人在家煮飯、照顧孩子，女人出外工作。」

「修橋補路、行軍打仗都是女人去做？」妹妹問。

「但女人懷孕、生孩子始終無法由男人代替呀！」媽媽一邊燙衫一邊說。

「這變成所有辛苦的事情都由女人負擔了，女兒國的女人並不幸福呀！」妹妹咋舌。

「你們去看看《鏡花緣》的三十二至三十六回，是一齣喜劇甚至鬧劇又是諷刺劇。」爸說得很好玩。

我和妹妹都看了《女兒國》，果然夠諷刺夠諧趣，故事中的林之洋被國王看中，強迫他做妃嬪，纏腳、穿耳，吃盡做女性的苦頭。讓大家反省纏腳這類傷殘肢體的事是一種惡俗，應該廢除。在那盛行纏腳的時代，作者李汝珍有這樣的見解，可知他的思想是比較開放和進步的。

「說到穿耳，現在依然流行，而且不止穿一個孔，一隻耳朵穿十個八個孔的也有。」妹妹摸摸自己完好的耳朵說。

「不但女孩子穿耳，男子穿耳的也多了，這可能是李汝珍始料不及的。」我說。

「李汝珍寫得有意思的，還有一個勞民國，《山海經》上只說他們『面目手足盡黑』，大概像現在的黑人。但李汝珍在『勞』字上加以發揮，說他們不論坐立，身子總是搖搖擺擺，無片刻之停。」爸說。

「豈不是像現在濫藥的人吃了搖頭丸？」妹妹笑說。

「或是得了柏金遜病。」我覺得這樣很辛苦。

「所以多九公怕了這個國家，因為他們自己不暈，多九公卻眼都花了。」爸說。

我和妹妹繼續猜想勞民國的搖擺生活：

「要他們站定拍照那就難了。」

「要他們捧一碗湯上桌豈不是都晃掉了。」

「那醫生搖搖晃晃的如何替人做手術？」

「我擔心那些手震震的理髮師怎樣幫搖來搖去的頭剪髮。」我們愈說愈興奮，一起笑得東歪西倒的。

「你們的想像力似乎不比李汝珍弱！這些都是漫畫題材呢！」爸說。

「《鏡花緣》上還有什麼有趣的國家？」我問。

「有一個『兩面國』是《山海經》上沒有的，那裏的國民有兩副面孔。」

「是不是對有錢人一副，對窮人是另一副？」妹妹問。

「是不是對上司一副，對下屬又另一副？」我問。

「你們說得不錯，他們表面和顏悅色，謙恭有禮，但藏在後面的本相卻是青面獠牙，伸出一條長舌，就像把鋼刀。」爸說。

「我們現在的社會也有不少兩面國的國民。」我說。

爸看着我們說：「這就是好作品的生命力，雖然不同時、不同地，卻仍有他的現實性。」

「我覺得李汝珍不但有想像力，還有很強的幽默感。」妹妹是由衷的佩服。

酸國和臭國

「說到幽默風趣，要算『淑士國』的國情了。」爸說，「那裏的人不但個個打扮得像讀書人，連說話也是之乎者也的。茶樓上的酒保說話是這樣的：『請教先生，酒要一壺乎？兩壺乎？菜要一碟乎？兩碟乎？』難怪未進國境，老遠已聞到一陣食古不化的酸味。

「但李汝珍最挖苦的還是『無腸國』，《山海經》上只有一句：『其為人長而無腸。』他卻寫出一篇看了使人胸口作悶欲嘔諷刺入骨的好文章來。」

「因為他們沒有腸臟，所以吃進去的食物很快便排泄出來。」我已經看過這一段，便告訴妹妹，「那些食物還沒有腐臭，他們便拿來給僕人甚至自己吃。」

「嘔！」妹妹厭惡地說，「太噁心了！」

「不止這樣，由於他們刻薄又慳儉，連第三次、四次排出來的糞便也照吃。」

「哇！」妹妹到洗手間去嘔吐了。

押

羅剎國的美醜

妹妹很辛苦地從洗手間出來，爸微笑道：「其實美與醜、可愛與可怕並無一定準則。你覺得三隻眼睛的人古怪，三隻眼睛國家的人看我們兩隻眼的何嘗不覺得詫異？《聊齋》裏那篇〈大羅剎國〉把這個現象描寫得很有趣。」

「羅剎國？不就是俄羅斯嗎？」我問。

「清朝時候是有把俄羅斯稱為『羅剎』的。」

「金庸先生寫的《鹿鼎記》中，羅剎公主蘇菲亞跟韋小寶有一段情，韋小寶還學會了講羅剎話。」我說。

「《鹿鼎記》中的『羅剎』的確是俄羅斯，」爸說，「不過『羅剎』這個詞本出於佛經，是惡鬼。這種惡鬼有幾個特點：樣子生得醜，會吃人，行動快捷如飛。但又有佛經故事中的羅剎女卻又生得十分美麗，她們用美色來引誘男人，最後把他們吃掉。《聊齋》中的大羅剎國是作者蒲松齡憑幻想創造的國家，沒有吃人風俗，但我們眼中的醜卻是他們眼中的美。並且以貌取人，愈醜的人官位愈高，樣子像我們這樣的只能處身低下階層。」

「這叫做容貌歧視！可以控告到聯合國去。」妹妹說。

我故意冷笑說：「那時可沒有什麼聯合國，而且世界上哪裏沒有容貌歧視？否則那些纖體美容公司怎會這麼好生意！」

爸說：「蒲松齡故意安排一個中華美男子叫馬驥的被颶風吹到大羅剎國，這個國家的人都覺得他醜得可怕，後來他用煤炭搽黑了臉才受到欣賞，蒙國王接見，還封他做大夫。但有同僚知道他是假扮的，在背後冷言冷語，並且孤立他。他覺得不宜久留，結果請假離職，去羅剎海市遊玩，卻又有機會進了龍宮，在那裏不必假扮，得到愛寵，還娶了龍女為妻。」

我說：「人家說《聊齋》中的故事常有暗喻，諷刺現實，這一篇是不是說現實就是一個以醜為美的世界？」

爸說：「而理想中的龍宮，欣賞真正的美麗和多才，只能到虛無縹緲的海市去找尋了。」

書架漫遊

《山海經》

作者不詳，估計成書於戰國時代，書中記述各地山川、部族、物產、風俗，參雜怪異，保存許多遠古的神話傳説。

《鏡花緣》

清李汝珍撰，上半部述唐敖、林之洋海外見聞，都是虛擬的故事。下半部偏重文字趣味和遊戲，情節薄弱。

日、月、星

兩顆星捉迷藏 120
天河浮槎 117
牛郎織女 113
天上星，地上人 112
比太空人更早登月 110
獨吃不死藥 108
寂寞的嫦娥 106
十個太陽 103
七日·千年 100
天堂是怎樣的 97

風、雨、雷

霧戰 霜神 122
雷公 雹母 124
下雨的三個條件 126
封十八姨 127

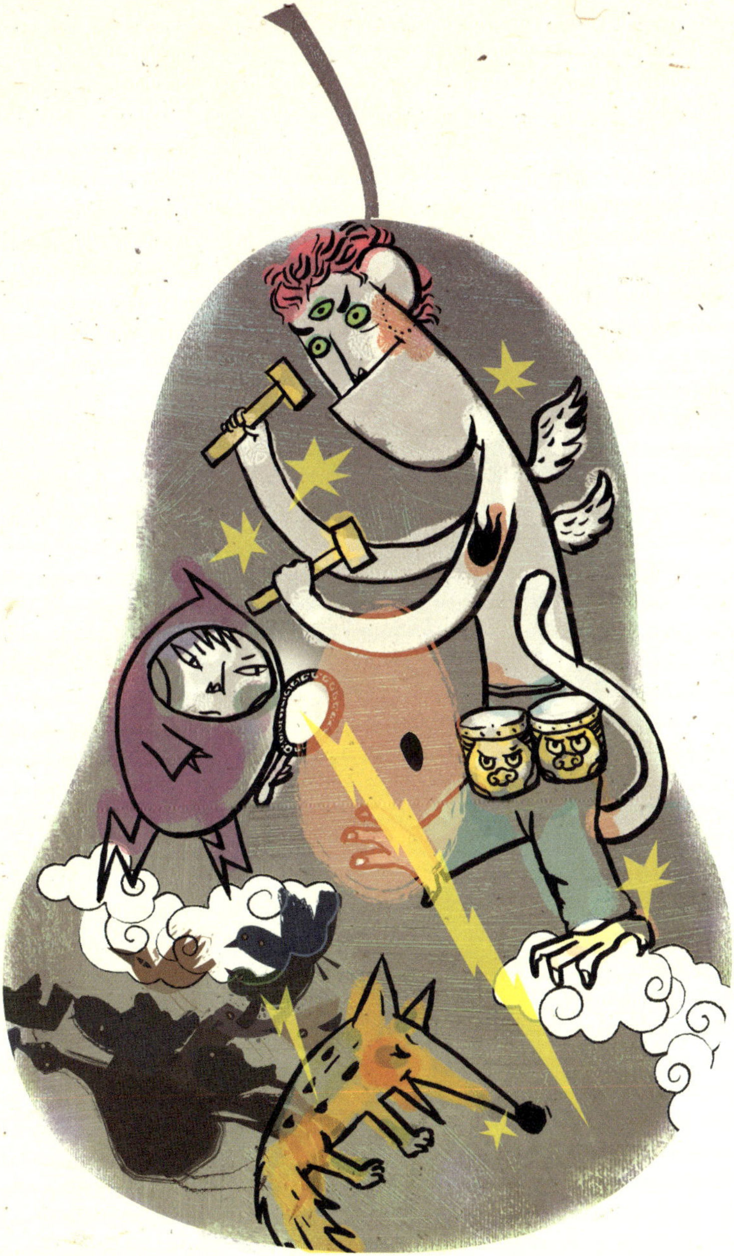

我從圖書館借了法國十九世紀科幻小說之父儒勒·凡爾納（Jules Verne）的《地心探險記》和《海底兩萬里》，日以繼夜的看。媽說我真的是「廢寢忘餐」，看書看到深夜不睡，吃飯也是「三扒兩撥」便交差了。

爸知道我在看什麼書，他說：「人類對不可知的天空、海底、地心有種種的想像和猜測，凡爾納寫的科幻小說除想像外，還加上科學的推想。」

「大概中國人認為天空是神的世界，地下是鬼的世界，海底是龍王和蝦兵蟹將的世界。」我覺得這些古代神話傳說想像力很夠，科學成分就很少了。

「這些神話和傳說內容也很豐富有趣，是國人的共同財富，你們試蒐集一下，就從天空開始好不好？」這新功課聽來甚有趣。

我說：「沒問題！」

妹妹卻說：「No Problem！」見我和爸都看着她，趕緊改口：「沒問題！沒問題！」

天堂是怎樣的

隔壁的徐老伯和徐老太最近回過上海一次，順道遊覽了蘇州和杭州，還有周莊、同里、烏鎮等水鄉。他們帶回來一把杭州紙扇、幾包蘇州甜食給我們。徐老伯說：「『上有天堂，下有蘇杭』，如今交通方便，你們該全家去玩玩。」

爸媽都說結婚前曾經拍拖去過，那是近二十年前的事了。

「你們要再去，帶孩子一同去，尤其是杭州，那裏有許多古跡，紀念岳飛的岳廟啦，兩位大文學家建造的蘇堤、白堤啦，白娘娘產子的斷橋啦，濟公掛過單的靈隱寺啦……」

蘇州的芝麻糖、桂花糕果然別有風味，妹妹被徐老伯、徐老太的話打動，慫恿爸媽暑假去人間「天堂」一遊。爸說會考慮一下，跟着他問我們做的「功課」怎樣了。

我便把一個小發現告訴他：「在許多筆記小說和民間傳說中，由地府回來的人不少，但從天堂回來的卻極少。不知是不是那裏太美好了，所以沒有人肯回來。」

爸說：「古人有不少升上天堂的幻想，相傳軒轅皇帝煉丹成功，乘赤龍升天。他的臣子們也爭着想騎上龍背，有的跳高想抓住龍鬚，結果龍鬚被拉斷了，掉在地上變成龍鬚草，是鼎湖山的特產。」我們卻想到龍鬚糖呢。

爸又說：「《南唐近事》上有一則故事：

廬山有個道士長得魁梧壯健，喜歡喝酒吃肉。他住在一間廟裏，有一天大風吹來兩隻鶴，在廟宇的天井裏休息。道士又驚又喜，認為是上天派牠們來接他升天的，便叫道童幫着，讓他騎上去。但他實在太重，兩隻鶴都負載不起，結果毛傷骨折，都被折騰死了。第二天鶴主人知道了這件事，到衙門告他，要求賠償。詩人陳沆寫了一首詩諷刺這件事，題目是《嘲廬山道士》：

啖肉先生欲上升
黃雲踏破紫雲崩
龍腰鶴背無多力
傳語麻姑借大鵬

嘲笑他因為好吃肉身體太重，雲呀，龍呀，鶴呀都承載不起，建議他向神仙麻姑借隻大鵬鳥來騎。」

我：煉丹成仙的故事流傳不少，其中一則叫「一人得道，雞犬皆仙」，說的是淮南王劉安煉成仙丹，白日飛升，剩餘的丹藥被雞呀、狗呀吃了，也一同升天去了。說是「犬吠於天上，雞鳴於雲中。」

爸：這故事見於漢朝王充的《論衡》，已經是一句成語，「一人得道，雞犬升天」比喻一個人得勢之後，跟他有關係的人，包括親朋傭僕都得到好處，這種任人惟親的做法很不可取，所以是一個貶義詞。

妹：(抱着貓兒「弟弟」) 劉安家裏沒有養貓？為什麼貓兒沒有升天？

爸：學者錢鍾書的《管錐篇》裏有這樣的解釋，他說貓兒不升天有他「博物學」的道理，因為俗語也說：「貓認屋，狗認人。」狗跟隨主人去了，貓卻隨房屋留下。

妹：我看天堂也不一定是個有樂趣的地方，因為我看過不少神仙思凡的故事，許多神仙一想起凡間就心動，結果要墮落紅塵。

我：《西遊記》中的孫悟空到過天堂，作者在第四回用了四百多字描寫天堂的景況，一味的華麗，看來《西遊記》的作者認為天堂必定富麗堂皇，眼界似乎不高。還有那天堂門前都是穿金甲、拿武器的天兵天將，看來比現在的邊防軍還要威嚴，有失和平景象。更妙的是天堂的最高領袖玉皇大帝就像民間帝王也要上朝，讓百官啟奏，竟然是照抄人間制度。而臣子稱呼玉帝，居然是「萬歲」，玉皇既是聖壽永享，做的是永不退位的皇帝，可以千萬億年的做不完，叫他萬歲豈不是小看了他？

爸：人總是以本身經驗去猜測不可知的世界，難免有所局限。至於「萬歲」的問題，在一些神話傳說中，天上歲月與人間歲月長短不同，可笑的是擦皇帝鞋的心態卻一樣。

七日・千年

爸說他小時候寫過一種描紅字格，習字本子上預先用紅色印了一些字，學生用毛筆寫在那些紅字上。他還記得其中一種印的是一首詩：

王子去求仙，丹成上九天；
洞中方七日，世上已千年。

詩中的「王子」不是國君的兒子，是一個姓王的人。這個民間故事有很多不同的版本，卻跟另一個晉代筆記小說上的故事相似，人們常把他們合而為一。說是一個叫王質的樵夫，在石室山見一老一少在下棋，不敢驚動，在一旁看着。到他們下完一盤棋時，他見自己帶來的斧頭柄已經腐爛了。他回到家鄉，發覺已經歷了許多年代，沒有人認識他了。後來人們把這座山叫爛柯（柯是斧柄）山，在浙江衢州，是名勝之一。

爸說：「另外還有一個劉、阮上天台山的故事，說東漢時代劉晨和阮肇入天台山採藥，迷路，肚子餓，摘山野間的桃子充飢。沿着山溪行走，遇到兩個美麗的仙女，邀請他們回家殷勤款待，後來還結為夫婦。半年後二人思家，仙女讓他們回去，到家後發現已經歷七世了。」

我說：「這不是跟現代大科學家愛因斯坦的《相對論》有點符合嗎？」

妹妹驚奇道：「阿哥，《相對論》你也懂？」

我說：「我當然不懂，只是聽說根據這種理論，當我們乘坐飛船或火箭，以接近光速飛行時，機艙裏的時間會過得很慢。到太空人完成任務回來，他的家人即使還未亡故，也已經比他老得多了。這不是艙中方數日，世上已百年嗎？」

妹妹說：「我看過一則英文故事叫 Rip Van Winkle，中文譯本叫《李伯大夢》，作者是 Washington Irving，說一個叫李伯（Rip）的怕老婆的青年，為了不想聽妻子囉嗦，上山去打獵，見到一班人在玩九柱戲，他喝了他們的酒，一睡就是二十年，回到家裏時，發覺政府變了，社會也變了，大家都已忘記了他這個人。」

妹妹看的英文書果然不少，我總結說：「看來同類的故事中外都有，古人的想像與現代的科學暗暗相合，實在是奇妙的事……爸你可知道什麼是九柱戲？」

爸微笑說：「這種遊戲現在一樣流行，你們可猜得到？」

妹妹立刻說：「保齡球？」

爸點頭：「正是保齡球的前身，據考據已有七千多年歷史，是人類最古老的遊戲或運動之一。」

爸要我們做「功課」，使我重溫了許多神話故事，都是先民幻想力的結晶。他們看到天上有太陽，有月亮，有銀河，有星星，有風、雨、雷、電種種自然現象，但不知它們從何而來，如何發生，便創造出許多故事。不但是我們中國民族有，世界上所有的民族都有他們不同或類似的故事。

我和妹妹決定分工，我找太陽的故事，卓婭去找月亮的故事；星辰的故事也是我去找，風、雷、雨、電等自然現象的故事則由妹妹包下。她嘀咕：「那麼多！」我嬉皮笑臉：「天上的繁星更多！」

出乎我的意料，太陽的故事，材料甚缺。或許太陽太光輝、太耀眼了，使人們不能迫視，因此關於它的故事也就不多了。

十個太陽

據說遠古時候東方殷民族奉祀的天帝叫帝俊，帝俊有三個妻子，其中一個叫羲和。羲和生下十個太陽兒子（分十次生還是一次生沒有記載，但可以想像一個個光燦燦的太陽誕生時是何等的美麗和壯觀！）。她把太陽兒子帶到甘淵裏洗澡，讓他們保持鮮潔明亮。另外一說太陽洗澡的地方叫湯谷，因為他們的洗澡，水都變成滾燙的了。湯谷裏有一棵大樹叫扶桑，有幾千丈長，一千多圍粗，這十個太陽兒子就住在樹上。一個太陽住在上面的枝條，九個太陽就住在下面的枝條，他們輪流值班照射大地。一個回來了，另一個才出去。值班時是由他們的母親羲和駕車護送，就像現在許多母親開車接送孩子上學放學一樣。

直到有一天，那是堯帝領導國家的年代，頑皮的太陽孩子厭倦了這種刻板的生活，相約一同從樹上躍出天空。大地突然呈現十倍的光亮，也變得十倍的炎熱。植物枯死了，動物渴死了，人民陷入極大的恐慌，紛紛向上天祝禱，希望免除這場災難。

帝俊也覺得不能任由孩子們胡鬧了，便派了一個名叫后羿的神箭手到人間去收拾這班頑童。或者帝俊只是想后羿嚇嚇他們，讓他們恢復從前的秩序。

后羿接過這項差事，帶同妻子嫦娥下到人間，拜見了堯，堯帶他去視察民眾在烈日下飽受煎熬的慘狀。

后羿再不留情，拉起神弓，射出神箭，但見一個個太陽帶着火燄從天上飛墜。人們發現那原來是一隻隻巨大的三腳大烏鴉，大概是太陽的精靈變成的。

為了保持大地的光明和溫暖，后羿留下了一個太陽在天空（有説是堯帝及時抽走了一枝箭）。從此這個太陽不得休息，天天無休止地值班。我們現在仍把太陽稱為金烏，太陽向西方沉沒就叫「金烏西墜」。近代學者認為太陽有黑子，就是神話裏説太陽中有烏鴉的來源。

九個太陽被射下來之後，大地恢復清涼，人民都感謝后羿的搭救。但九個兒子的死亡卻激怒了天帝，不許后羿和嫦娥重返天庭。這使嫦娥十分失望，以致演變成她獨自奔月的故事，這要留給妹妹報告了。

寂寞的嫦娥

這天是中秋節，中國人除春節外最重視的節日。我不見西方社會有這樣一個月亮節，而偏偏中國人懂得在這月色最好的農曆八月，賞月光，慶團圓。一些不在同一城市工作的家人，甚至不怕長途跋涉，回到故鄉共慶這個佳節。這是個由來已久的節日了，也不知道由哪朝哪代開始，但肯定會一代又一代繼續傳承下去。

古代的詩人為佳節吟出許多美好的詩句，更增添了我們過節的情思，好像「露從今夜白，月是故鄉明」，「今夜月明人盡望，不知秋思落誰家」，「但願人長久，千里共嬋娟」……都被千古傳誦。

晚飯後我們上天台賞月，天氣很好，月色皎潔，妹妹點着兩盞彩燈，減少了一份清冷。

隔壁徐老伯、徐老太也上天台來了。他們請我們吃蘇式月餅，我們也請他們吃粵式月餅。

爸爸今晚興致很好，唱起《月亮代表我的心》來，唱到「輕輕的一個吻，教我思念到如今」時，媽媽也微笑着陪他一同唱。

爸媽唱完了我們鼓掌，徐老伯、徐老太也鼓掌。我們要他們也高歌一曲，他們並不推辭，一同唱道：

浮雲散，明月照人來。
團圓美滿今朝最，
清淺池塘鴛鴦戲水。
紅裳翠蓋並蒂蓮開，
雙雙對對恩恩愛愛。
這軟風兒向着好花吹，
柔情蜜意滿人間。

我們都覺得這歌好聽，問他們歌的名字。徐老伯說這是老歌中的老歌了，歌名叫《月圓花好》。

徐老太說今晚是人間月圓，但月宮裏的嫦娥卻很寂寞，正如李商隱詩說的：「嫦娥應悔偷靈藥，碧海青天夜夜心。」

嫦娥偷靈藥的事，應該由妹妹來介紹，因為是她負責研究月亮的神話的。

妹妹的準備看來很充分，她說：

「根據《山海經》上的記載，帝俊還有一個妻子叫常羲，她生了十二個月亮女兒。但我們現在看到的只有一個，其他十一個月亮女兒不知哪裏去了。她們應該不是輪流當值，因為我們看到的月亮面貌都是一樣的。哥哥說了后羿射日的故事，這故事的下半截便和月亮有關了。」

據說后羿因為不能回到天庭，他擔心自己和嫦娥有一天會死亡，便去昆侖山的西方找西王母取得不死之藥，他與嫦娥吃了都可以不死，他想等一個好日子跟妻子一同服用，但嫦娥卻獨自把所有的藥都吃了。

嫦娥服藥之後，發現自己的身體變得愈來愈輕，不由自主的飄浮在空中，最後飛升到月亮上去。

嫦娥為什麼要獨自把藥吃了，傳說中有三個不同的解釋：

一是她本是天上的女神，她不想長住在地上。如果只吃自己的一份，雖然可以不死，卻不能返回天庭，所以她把后羿的那份也吃了。

二是她發現后羿的弟子逢蒙想奪取靈藥，為了仙藥不落入壞人之手，她匆忙間把藥吞了。

三是后羿的性情變得愈來愈驕橫，對百姓暴虐，嫦娥不想他永遠令百姓受苦，所以把不死藥都吃了。

第一種說法顯得嫦娥很自私，所以有記載說她一去到月亮上便變成醜陋的蟾蜍。第二、三種說法對嫦娥表示同情和理解，就讓她繼續保持美麗，住在月亮裏。

傳說月亮裏除嫦娥外還有一隻負責搗藥的玉兔，還有不停砍伐桂樹的吳剛。吳剛是一個修道人，不過犯了過失，被罰在月宮裏砍伐桂樹。這桂樹偏跟他作對，吳剛的斧頭一提起，樹幹上的傷口立即愈合，所以他的工作變成徒勞。像希臘神話中推大石上山的Sisyphus，辛苦地推到山頂，大石又滾下山去，只是白費氣力。

媽媽怕妹妹說得嘴也乾了，便削了兩隻雪梨給大家吃，她先敬徐老伯和徐老太，然後挑了塊最大的給妹妹。

媽媽還補一句：「我們是合吃，不是分梨，這是徐老太教我的。」

原來從前人忌諱一顆梨子分開吃，怕的是「**分梨**」變成「**分離**」。在這團圓佳節，誰想分離呢？

比太空人更早登月

爸一邊吃梨一邊說：「自從 1969 年 7 月美國第一艘太空船登陸月球後，許多神話都變得黯然失色了。登陸月球是一個奇跡，美麗的幻想卻因而破滅。」

媽說：「這倒不一定，起碼小朋友聽故事的時候還是一樣投入。」

我問爸可記得首先登陸月球的是哪幾個太空人，一共有多少人曾經先後踏足月球？

爸說第一批登陸月球的太空人共三位，他們是阿姆斯特朗、奧爾德林和科林斯。後來我查到了他們的英文名字：Neil A. Armstrong, Edwin E. Aldrin & Michael Collins。

爸說後來還有幾次探月，前後一共 12 人上過月球。現在中國亦有探月計畫，有一天中國人也會登上月球。

妹妹說傳說中有一位皇帝便曾經登月，他是唐玄宗。

開元年間，一個中秋之夜，自稱懂法術的方士羅公遠（一說是葉法善）邀請玄宗遊月宮。他把一根手杖擲向空中，變成一座銀白色大橋。唐玄宗踏上橋去，一直向前走，到達一座巍峨的宮殿，橫匾上寫着「廣寒清虛之府」。羅公遠告訴他這裏便是月宮了。他又見到數百名仙女在庭中跳舞。玄宗在心中默記歌譜，回到人間後整理出一首《霓裳羽衣曲》傳於後世。

徐老伯吟道：「漁陽鼙（音皮）鼓動地來，驚破霓裳羽衣曲。」我知道這是白居易《長恨歌》中的兩句。

妹妹繼續說，只知享樂的大唐天子，不知大禍已經臨頭，安祿山作反，玄宗連心愛的妃子也保不住。

徐老伯又唸道：「六軍不發無奈何，宛轉娥眉馬前死。」

妹妹說：「只落得天長地久有時盡，此恨綿綿無絕期。」

徐老伯說：「卓婭也會背《長恨歌》？」

爸說：「她記性好，《長恨歌》、《琵琶行》都會背。」

徐老伯豎起大拇指：「後生可畏！後生可畏！」

天上星，地上人

中秋節後幾天，天色仍然清朗。我們在天台上乘涼，月亮已經沒有中秋節那天圓了，星星卻很明亮，難得呈現在我們眼前的是沒有微粒子污染的晴空。

一顆流星在夜空劃過，妹妹問：「聽說天上每一顆星代表地上的每一個人，一顆流星殞落，地上便有一個人去世，這話有沒有根據？」

我說：「《三國演義》一百零四回的回目就是〈隕大星漢丞相歸天〉，諸葛亮臨死前還指着一顆星說：『此吾之將星也。』當時已經顏色昏暗，搖搖欲墜。懂得夜觀天文的司馬懿見到一顆紅色大星，光芒有角，從東北流向西南，跌落在蜀軍營內，還跳躍了幾次，隱隱有聲。司馬懿便知道一定是諸葛亮死了。諸葛亮死的時候才五十四歲。」

爸爸感慨地吟道：「出師未捷身先死，長使英雄淚滿襟。」我知道這是杜甫的詩，道出古往今來多少有志之士的悲哀。

「阿倫，關於星宿的神話故事，你準備得怎樣了？」
我說：「故事也不少呢，揀幾個有趣的說吧。」

牛郎織女

最有名的當然是牛郎織女的故事了，版本很多。一個說法是他們本來住在天上的天河兩岸，男耕女織，十分勤勞，但在相戀結婚之後，卻變得懶惰了。於是天帝要他們分開，每年只七月七日相見一次。

另一個說法是天上的織女愛上民間的牛郎，還為他生下一對兒女。後來織女被捉回天上，牛郎家的老牛對牛郎說：牠死後可以藉着牠的皮飛上天空找尋織女。果然老牛不久便死了。牛郎用竹籮一邊一個挑着兒女，站在牛皮上飛了上天。王母娘娘怕他追到織女身邊，便拔出頭上金釵一劃，變成了滔滔的銀河，阻擋在牛郎前面。牛郎放下兒女，用挑竹籮的長柄水勺舀水，誓要把銀河的水舀乾。王母見他如此情急，便下令准他們**每七日**見面一次，叫喜鵲傳話。誰知喜鵲傳錯，變成**七月七日**才見面一次。既然做錯了事，便要補償牠們的過失。要牠們在每年七月七日的晚上搭成一道橋，讓牛郎織女過橋相見。我們叫這道橋為「鵲橋」。

如今我們可以在銀河兩岸看到兩顆亮星，一顆叫牛郎，他左右還有兩顆小星，是他們的一對兒女；另一顆叫織女，她下面有四顆小星組成的菱形，據說是她的織機。

我說到這裏，大家都抬頭向天上找尋。由於我們的天文知識不夠，雖然見到幾顆類似的，但不敢肯定。

我繼續說，這是民間傳說，於是我們有了七夕佳節，又叫乞巧節。以前女孩子們在這天晚上拜七姐，希望天上的織女送一對巧手給她們。

爸爸吟道：「年年乞與人間巧，不道人間巧已多。」他補充說，這是五代後唐詩人楊璞的《七夕》詩，他慨歎天上織女年年把「巧」給予人間，其實人間的「巧」已經太多，意思是人間已失去了忠厚質樸，有的是爾虞我詐，工於心計。

爸又說：「神話與文學的結合，七夕可能比中秋還要多。」

妹妹說：「我會背杜牧的《秋夕》：

銀燭秋光冷畫屏，輕羅小扇撲流螢。
天階夜色涼如水，臥看牽牛織女星。」

媽說：「這樣描寫的情景，跟我們小時候在院子裏乘涼的景況完全一樣。」

「那時候真的有螢火蟲嗎？」妹妹從沒見過。

「當然有，到處都是一閃一閃的。」

妹妹渴望地說：「我好想看看。」

我說:「古詩中這一首真的淺白易明，小學生也能讀懂，老師又可以講牛郎織女的故事，這一課一定很吸引。」

爸說：「即使是一首更古老的漢代的詩，也可以寫得很淺白，像《古詩十九首》中的一首，不知作者是誰，也是吟牛郎織女的故事：

迢迢牽牛星，皎皎河漢女。
纖纖擢素手，札札弄機杼。
終日不成章，泣涕零如雨。
河漢清且淺，相去復幾許。
盈盈一水間，脈脈不得語。」

我說：「運用了很多疊詞，聽起來富有音樂性。」

妹妹慨歎：「明知對方就在附近，卻不能相聚，連說句話的機會也沒有，最是痛苦。」

媽笑：「卓婭也可以體會這種痛苦？」

「為什麼不可以，人同此心嘛！」妹妹說。

「一年才見一次，那一晚也不知是喜是悲？」媽說。

「幾許歡情與離恨，年年並在此宵中。」爸吟的是白居易的詩。

「這一夜時間一定過得很快，轉瞬間又要憂傷地分手了。」

「相逢草草，爭如休見，重攪別離心緒。新歡不抵舊愁多，倒添了新愁歸去。」爸爸以宋朝詩人范成大的詞回應媽媽的感慨。

媽說：「我們想到的都給古人寫盡了。」

爸說：「因此我們的創作比古人更難。對於這種聚少離多，宋代詞人秦觀最懂安慰，他那首《鵲橋仙》詞，是七夕詩詞中壓卷之作：

纖雲弄巧，飛星傳恨，銀漢迢迢暗渡。
　金風玉露一相逢，便勝卻人間無數。
柔情似水，佳期如夢，忍顧鵲橋歸路！
　兩情若是久長時，又豈在朝朝暮暮！」

媽說：「最後兩句是騙人的。」
我問：「為什麼說是騙人？」
媽說她有兩個女同學，男朋友往外國求學，臨走時都寫了這兩句詞給她們。可是一個不到一年，另一個也不過年半，都移情別戀，在那邊分別有了新的女朋友了。想兩情長久，最理想還是可以朝夕相見。媽還說，豈止朋友關係，就算已經結了婚，分別久了，感情能否維持也很難說。
我想，或許這就是文學與現實的分別吧？

牛郎織女雖然被天河阻隔，不能相聚，卻有故事說有凡間的人到過天河，而且看到牛郎織女。這故事在晉朝張華寫的《博物志》上有記載：

天河浮槎

據說天上的銀河跟地上的海岸是相通的。有一個住在海邊的人，每年八月都去航海。有一次他準備了豐足的糧食，乘槎（音茶，木船）而去。起初的十多日還可以看到日月星辰，以後就茫茫忽忽不覺有晝夜之分。

最後他到達一處地方，有城市有房屋，遠遠望見宮中有許多織女在紡織，又有一個男人拉着牛在飲水。那牽牛人吃驚地問他：「你怎會來的？」這人告訴他，並且問這是什麼地方？那人說：「你到四川問嚴君平便知道。」

這人沒有上岸，像平常一樣回到家裏。後來他有機會去四川，找到術數家嚴君平，問他可知道這是什麼一回事？嚴君平說：「某年某月某日，有客星犯牽牛宿。」意思說這一天有一顆外來的星進入牽牛星的範圍。算起來，正是那人到達天河的日子。

有人把這故事當做中國描述宇宙航行的第一則故事。之後南北朝時代宗懍寫的《荊楚歲時記》說這個坐船去到天河的人是漢朝的探險家張騫，漢武帝派他去找尋河源，結果他到了一處地方，見到牛郎織女。張騫一樣問這是什麼地方，對方一樣叫他去問嚴君平，而嚴君平也給了同樣的答案。

爸說：「宋朝女詞人李清照填過一首《行香子》吟七夕，但她同時提到浮槎的事：

草際鳴蛩（音窮，蟋蟀），驚落梧桐，正人間天上愁濃。
雲階月地，關鎖千重，縱浮槎來，浮槎去，不相逢。
星橋鵲駕，經年才見，想離情別恨難窮。
牽牛織女，莫是離中，甚霎兒晴，霎兒雨，霎兒風。

把這兩個故事都寫在詞中了。『人間天上愁濃』、『離情別恨難窮』更訴說了她自己的心境。」

我說：「爸，你的記性真好！」
爸說：「好的東西我總記得。」
媽打趣說：「你的眼鏡、錢包、雨傘、手機一定都不是好東西。」
媽在取笑爸爸，因為他經常忘記把這些東西放在什麼地方，一天要找好幾回。

我查過資料，實際上織女星在天琴座，距離地球 26 光年，牛郎星在天鷹座，距離地球 16 光年，他們互相之間的距離也有 16 光年，兩人即使以光速飛行，在銀河的中間相會，也要花上 8 個光年時間。

爸說：「美麗的傳說一用科學考究就掃興了。」

兩顆星捉迷藏

我對爸說：「你曾經教我讀《幼學瓊林》，我記得其中兩句是：『參商二星，其出沒不相見；牛女兩宿，惟七夕一相逢。』你教我『宿』字要讀『秀』，是星的意思。牛郎織女的故事已經說過，參、商兩顆星為什麼老是捉迷藏，你看不到我，我看不到你呢？這次查書知道了它們的故事。」

妹妹問：「怎麼說？」

「傳說古代高辛氏有兩個兒子，很不和好，時常爭吵甚至大動干戈，帝堯便將他們分開，一個去大夏，成為**參星**，黃昏時見於西方；一個去了比肩，成為**商星**，黎明時見於東方，兩顆星沒有機會相見。」我也學着爸爸的腔調講故事。

「這是從我們地球人的角度看問題，在太空，他們該是互相看見的吧？」妹妹果然聰明。

這時爸低聲吟道：「人生不相見，動如參與商。」
媽接下去：「今夕復何夕，共此燈燭光。」
爸再說：「少壯能幾時，鬢髮各已蒼。」
爸摸摸自己已轉白的兩鬢。

媽又唸：「訪舊半為鬼，驚呼熱中腸。」
爸說：「焉知二十載，重上君子堂。」
媽說：「昔別君未婚，兒女忽成行。」
她說時拍一拍我和妹妹。

我讀過杜甫這首《贈衞八處士》，便跟着唸下去：

「怡然敬父執，問我來何方？問答乃未已，驅兒羅酒漿……」

使我驚奇的是妹妹竟會讀下去：

「夜雨剪春韭，新炊間黃粱。」

她還補充說：「就是『黃粱一夢』那個『黃粱』。」

我續唸：「主稱會面難，一舉累十觴。」

然後我們四個人一同把它背完：

「十觴亦不醉，感子故意長。明日隔山岳，世事兩茫茫。」

我說：「杜甫詩中的『參與商』用的便是參商二星的典故。」

爸說：「五四白話文運動，胡適主張不用典，其實典還是可以用的，只要用得適當，別濫用和故意用生僻的典便是。」

時間已經不早，爸說：「今晚卓倫準備得很充分，很有意思。卓婭，下次輪到你講講人類對風、霜、雨、雪自然現象的幻想故事了。」

封十八姨

今天天文台發出八號烈風訊號，九月份還打風，比較少有。爸說 1962 年的溫黛大風災也發生在九月。今天爸不用上班，我們也不用上學，平白多出一個在家聊天的日子。爸爸問妹妹「功課」做好了沒有？妹妹說差不多了，今天打風，就先介紹中國人對風的幻想故事。

妹妹說傳說中風神的名字有好幾個，但大家最記得的是「封十八姨」。這個故事在唐朝的筆記小說中已經有，到明朝馮夢龍編的《醒世恆言》中又再敘述得詳細些。

唐朝天寶年間，愛花人崔玄微，晚間到自己的園中散步，遇見幾個女子，一個姓楊，一個姓李，一個姓陶，還有一個姓石的叫阿措，說要借他的園子一用，與一位叫封十八姨的聚聚。後來十八姨來了，崔玄微覺得她態度冷冷的，坐在她身旁感到陣陣寒氣，毛骨悚然。席間大家對十八姨既恭敬又害怕，後來十八姨在微醉中打翻了酒杯，把酒潑在石阿措身上。阿措發脾氣說：「大家都在奉承你，我可不懂拍你的馬屁！」結果大家不歡而散。

第二晚崔玄微又在園中見到這班女子，她們懇求他在某月某日豎一枝有日月和星星的旗幟在園子東邊，就可以幫助她們逃過災難。崔玄微答應了。

果然到了那一天狂風大作，摧折了不少花木，只有他園中的植物無恙。這時他才知道那些女子都是花木的精靈，包括楊花、李花、桃花和石榴花，而封十八姨是風神。

下雨的三個條件

八號烈風信號傍晚轉為三號，但雨勢愈來愈大。
電台宣布黃色暴雨警告經已生效。晚飯後繼續由
妹妹講述雨的神話故事。

妹妹說神話中負責降雨的神叫「雨師」，但民間認為是龍王的職責。民間求雨也是向龍王祈求。如果他不答應，便把廟裏的菩薩抬到露天去曝曬，曬到神像頭崩額裂，直到下雨為止。

《西遊記》八十七回寫求雨十分有趣。取經的唐僧師徒路經天竺國，這國家已經三年沒有下雨。孫悟空自告奮勇，要為他們解除旱災。他把東海龍王召來，要他下雨。龍王卻說不能要下便下，必須符合幾個條件：一要有上天御旨，二要有行雨神將，三要請水官放出龍來，四要照旨意規定的數目下雨，不能多也不能少。

我說：「想不到下雨竟有如此嚴格的規定，很制度化呢。」

媽媽問：「那麼孫悟空怎麼辦？又去請觀音菩薩？」

妹妹說：「這次倒沒有，後來的發展很有童話的趣味。」

媽媽說：「是嗎？你說來聽聽。」

「孫悟空到天宮去請玉皇大帝下旨降雨，可是玉皇大帝說，因為三年之前這個地方的首長郡侯犯了一個大錯，他跟老婆吵架，發脾氣把拜祭上天的供品推倒在地，給狗吃了，因此要降罪於他，使他管治的地區沒有雨下，除非能滿足三**個條件**。」

我忍不住打岔：「這是童話和民間故事的慣例：**三個願望、三個難題，三次考驗**……」

妹妹接下去：「玉皇大帝叫四大天師帶悟空到一處叫披香殿的地方去看，第一處是十丈高的一座米山，旁邊有拳頭大的一隻小雞在啄米，要這小雞把米山的米都吃光，才算滿足第一個條件。第二處是一座二十丈高的麪山，有一隻哈巴狗兒在舔那麪吃，要狗兒把麪都舔乾淨了，才算滿足第二個條件。第三處有一把大金鎖，那鎖有一尺三四寸長，鎖心有指頭粗細，底下放着一盞油燈在燒着鎖心，等把鎖心燒熔，才算滿足第三個條件。三個條件都完成了，然後才有雨下。這使悟空十分失望，因為都是難以實現的事。

不過四位天師告訴悟空，只要那郡侯發願，一心向善，就能感應上天，米山、麪山自然倒塌，鎖心也立時會斷。郡侯聽了悟空的話果然發願向善，並且帶領全國人民發好心，做好事。結果米山、麪山真的倒了，鎖心也斷了。在諸神協作之下，下了三尺零四十二點的雨水，解除了旱情。」

說來也巧，這時漆黑的天空電光閃閃，夾雜轟轟的雷聲。

妹妹說：「據說負責行雷的叫雷公，負責閃電的叫電母。古代圖畫上的雷公像一隻猴子，坦胸露腹，背插雙翅，有三隻眼睛，兩隻鷹的腳爪。手上拿着錐子，好像隨時會執行刑法擊殺有罪的人。」

「所以我們對那些做壞事的人說：**當心給雷公劈**！」我作勢嚇唬她。

妹妹不理我繼續說：「雷公身上掛着四面鼓，一敲就發出雷聲。電母的兩隻手各拿一面鏡子，發出閃電的光芒。」

我說：「《聊齋》上有一則故事叫《雷公》，描寫的樣子跟你說的差不多。有一次他不知何故降落到一個百姓家中，驚慌的主人急忙中用馬桶中的便溺淋他，雷公似乎十分害怕，立即失去活動能力。直至黑雲下降，大雨滂沱，把他身上的污穢洗去，才發出霹靂的聲音返回天上。」

妹妹又說：「在《搜神後記》上有一則詭異故事，說一個姓周的讀書人騎馬前往某地，黃昏時來到一間新草小屋邊。一個十六七歲的女孩，樣子長得不錯，衣服也很乾淨，對他說前面很遠才有住宿的地方，周生便決定留宿，女子還為他準備了晚飯。到一更天時，周聽到屋外有一個孩子的聲音呼喚進來：『阿香，長官叫你去推雷車。』阿香應聲去了，不久便雷雨交加，霹靂震耳，阿香到天快亮了才回來。周生告辭上馬，回頭已不見小屋，只見一座新墳。照故事看來，阿香不是雷神，只是被徵用的女工。」

妹妹說她的「功課」只做到這裏。

霧戰 霜神

爸爸說她做得很好，但補充說上古的傳說有黃帝和巨人族首領蚩尤之戰，戰場在涿鹿。蚩尤懂得造霧，在五里範圍內白茫茫一片，蚩尤乘勢進攻。後來黃帝的臣子發明了指南車，才分辨了方向，戰勝了蚩尤。如果有霧神，蚩尤算一個。

還有傳說中的霜神叫青女，唐朝詩人李商隱寫過一首叫《霜月》的詩提到她：

初聞征雁已無蟬　(雁來了，蟬不再叫了，秋天到了。)
百尺樓高水接天　(正是賞月的好地方。)
青女素娥俱耐冷　(霜神和月神都不怕冷。)
月中霜裏鬥嬋娟　(在月亮下、寒霜中比賽她們的美麗。)

書架漫遊

《長恨歌》

唐白居易作，見《唐詩三百首》。

《幼學瓊林》

明程登吉編著，清鄒聖脈增補，是清代流行最廣的兒童啟蒙課本，內容包羅甚廣，像一本實用小百科。

「三言二拍」

指明朝馮夢龍編的《喻世明言》、《警世通言》、《醒世恒言》，和凌蒙初編的《初刻拍案驚奇》、《二刻拍案驚奇》，共五冊話本小說。

河、湖、海

133 河圖、洛書和幻方

135 洛水神仙

137 咆哮的黃河

139 河伯娶親？

140 天上掉下來的銀盆

142 海上平安女神

地下、世外

144 幽冥世界

146 世外桃源

這個週末天氣晴朗而炎熱，爸建議全家去長洲海浴。爸喜歡長洲因為那裏沒有汽車，而且他讀小學、中學時也常到長洲旅行，有份感情。我們選了東灣旁邊的觀音灣，泳客比較少，也沒那麼嘈吵。

在沙灘休息時，爸媽説了幾件往事。

媽説妹妹一歲不到便來過長洲，住在朋友的別墅裏。白天玩得好好的，但天一黑妹妹便開始哭，不知是不是對陌生地方感到害怕。爸、媽、祖母輪流抱她、哄她，鬧到半夜一點多鐘哭得疲倦了才睡。

又有一次也是在這別墅裏，因為夜間蚊子多，點了蚊香。一個枕頭在大家睡夢中掉下地，剛好掉在蚊香上，枕頭竟然着火。幸好煙氣弄醒了爸，手忙腳亂的將火救熄。以後懂得要把蚊香放在桌子下面比較安全。

這時我見幾個小孩在玩一件像大蟹似的東西，有面盆那麼大的一個甲殼，底下有一根尖尖的硬尾巴。我問爸爸是什麼？他在沙上寫了一個「鱟」字，説讀音是「後」。

爸説鱟的樣子像馬蹄，所以又叫馬蹄蟹，是與三葉蟲一樣古老的生物，所以有「活化石」之稱。牠們對愛情很專一，雌雄一旦結為夫婦，便形影不離。肥大的雌鱟馱着瘦小的丈夫蹣跚爬行。漁民捉到鱟，提起來才發現原來是一對。

河圖、洛書和幻方

爸似乎對我們一直在研究的中國人的幻想世界念念不忘，他說關於天上的事我們讀得夠了，以後該讀讀水中的事了。

他說據古籍記載，在伏羲時代，黃河出現了一隻「龍馬」，牠身上有奇怪的圖案，伏羲因它的觸發創造了八卦，是中國文字、哲學甚至科學的源頭，稱之為「河圖」。經過許多年，到了堯帝時代，派禹去治水，在洛水中出現了一隻大龜，背上顯示有趣的點數排列。

說到這裏爸在沙上畫了一幅圖，說這些一點點代表九個數字，它的排列有一個特色，便是橫直斜相加都是 15。爸又把數字排列在一個九宮格中給大家看：

4	9	2
3	5	7
8	1	6

他說這就是跟「河圖」並稱的「洛書」。

妹妹一向對數學有興趣，立刻說：這叫「幻方」。單數行的幻方比較容易做，偶數行的便比較難。她隨手在沙灘上畫出了四行和五行的幻方。我雖然也學過，卻不大記得了。想不到妹妹對數學真比我有天分。

1	15	14	4
12	6	7	9
8	10	11	5
13	3	2	16

橫直斜相加都是 34

3	20	7	24	11
16	8	25	12	4
9	21	13	5	17
22	14	1	18	10
15	2	19	6	23

橫直斜相加都是 65

她說方法其實不難，學會之後再大的幻方也可以照做。是嗎？我對自己可沒有信心。

洛水神仙

游泳回家之後，大家吃晚飯特別開胃，因為曾經運動之故。媽在收拾碗筷時，爸拿出了一本字帖，是元朝書法家趙孟頫（音斧）寫的《洛神賦》，我不禁讚道：「寫得真好看呀！」

爸：字漂亮文章更美。文章是三國時代魏國的曹植寫的。

我：人稱天下文章共一石，而他獨佔八斗的曹植。

爸：你們可知道「洛神」是誰？

我們搖頭。

爸：相傳上古大神伏羲的小女兒叫宓（音伏）妃，在洛水游泳時溺死，她不像堯帝的小女兒那樣變成精衛鳥要將大海填平，卻成為洛水的女神。

據說嫦娥的丈夫后羿曾經愛過她，大詩人屈原愛她卻得不到回應。黃初（魏文帝曹丕年號，公元 220-226 年）三年，曹植去京師朝覲完天子回程經過洛水時，記起前人宋玉寫的《神女賦》，在情感和靈感互動的情況下寫成了一篇《洛神賦》，描述他跟洛神相遇相別的情形和心情，其中描寫洛神之美的一段，已成為中國文學中描寫美女的絕唱：

其形也，翩若驚鴻，婉若游龍。榮曜秋菊，華茂春松。彷彿兮若輕雲之蔽月，飄飄兮若流風之回雪。遠而望之，皎若太陽升朝霞；迫而察之，灼若芙蕖出淥波。禯纖得衷，修短合度。肩若削成，腰如約素。延頸秀項，皓質呈露。芳澤無加，鉛華弗御。雲髻峨峨，修眉聯娟。丹唇外朗，皓齒內鮮，明眸善睞，靨輔承權。瓌姿艷逸，儀靜體閑。柔情綽態，媚于語言。奇服曠世，骨像應圖。披羅衣之璀粲兮，珥瑤碧之華琚。戴金翠之首飾，綴明珠以耀軀。踐遠游之文履，曳霧綃之輕裾。微幽蘭之芳藹兮，步踟躕于山隅。

雖然這段文字比較深，但無須完全明白，知其大意便可以了。

我真的不能完全看懂這段文字，但覺得洛神之美不但是古代美人之美，也是近代美人的超高標準。

我很喜歡這本字帖的字，告訴父親想用來臨寫，父親連聲說好，並且說即使不用毛筆，用硬筆來臨也一樣有功效。

咆哮的黃河

今晚爸爸帶我們去聽音樂會，幾間大學的合唱團聯合演出《黃河大合唱》。團員都很年輕，指揮卻是一位老人家，他留着長長的白髮，指揮時隨着節奏飛舞。我發現聽眾之中老人家特別多，爸說這是因為他們不少人經歷過抗日戰爭。

爸說《黃河大合唱》是激動人心的抗日歌曲，在這個日本政府仍在篡改歷史，甚至想否定南京大屠殺、慰安婦等罪行時，這次演出顯得更具意義。

所有節目完結後，Encore之聲不絕。指揮建議全體聽眾站立一同唱《保衛黃河》，幻燈打出了歌詞：

風在吼
馬在叫
黃河在咆哮
黃河在咆哮
河西山崗萬丈高
河東河北高粱熟了
萬山叢中
抗日英雄真不少
青紗帳裏
游擊健兒逞英豪
端起了土炮洋槍
揮動着大刀長矛
保衛家鄉
保衛黃河
保衛華北
保衛全中國

我發現許多聽眾都會唱，有些老人家唱時更是淚光閃閃，爸媽也是這樣，我的眼睛也不禁潤濕了。

第二天我找到了《保衛黃河》的歌譜，自己練着唱。爸説黃河流域是中華民族的發源地，雖然它曾經多次氾濫，帶來災害，但中國人對它還是有十分深厚的感情，不少諺語都有「黃河」在內——「不到黃河心不死」、「黃河清，聖人出」、「俟河之清，人壽幾何？」、「跳進黃河洗不清」……中文裏面單一個「河」字往往指的就是黃河，它是河流的代表。

我：在中國人的幻想世界中，黃河有沒有河神？

爸：當然有，在不少古典著作中出現了「河伯」這個角色，便是黃河的河神，名叫馮夷。像《莊子‧秋水》中就有河伯與北海若的對話。

這短短的故事説秋天水漲，河流變得遼闊，河神欣然自喜。待至河流流出北海，才知道海洋是如此壯闊，河伯於是承認自己是夏蟲語冰，見識淺陋。看來河神是一個懂得謙虛的神，給人好感。

但另一則有名的故事河伯的聲名就不那麼好了，這是《史記》上的一則故事，課本上也有，題目是〈西門豹治鄴〉：

河伯娶親？

魏文侯時，西門豹做了鄴（音業，古代重鎮，在今河南省）這個地方的長官。他上任後，得知當地人民最感痛苦的是「河伯娶婦」這個惡劣的風俗，為了這件事百姓每年要繳交重稅，除了花在儀式上，其他都落在互相勾結的官吏和女巫袋中。更慘的是每年要在民間選取一個樣子長得好的少女，把她拋進河裏，說是做河伯的妻子。

那一年西門豹說要親自參與其事。他去到河邊，連巫師和地方長官有數千人參加這個「婚禮」。西門豹要先看看那個女子，看過之後他說這個女子不夠漂亮，要換人，遲兩天再送過去，不過要請巫師下水去通知一聲，隨即命令把巫師丟進河裏。巫師久久沒有回報，西門豹又先後叫巫師的三個弟子下河去催，把他們一一拋進河中。等了許久不見回來，又把主其事的三老（協助縣令推行政事的官吏）拋進河中。西門豹恭恭敬敬的站在河邊等了許久，說現在輪到廷椽（地方官吏）和鄉紳下河去催了，嚇得他們叩頭求饒，把頭都磕破了。西門豹說既然沒有回音，我們就暫時回去吧。

從此沒有人敢提河伯娶婦的事。

河伯娶婦的劣行似乎不能歸罪河伯，這只是一班黑心的巫師和貪贓的地方官吏利用人民的迷信心理來斂財，被英明的西門豹一下子破除了。

正是吃大閘蟹季節，徐老伯、徐老太請我們一家過去吃大閘蟹。徐老太說大閘蟹又叫毛蟹，她小時候價錢很便宜，如今愈賣愈貴。

我覺得大閘蟹不適合我們小孩子吃，因為吃這種蟹要有一份耐心，把蟹鉗和蟹腳裏的肉都一絲絲仔細吃乾淨，剩下的碎殼剛剛裝滿一個蟹蓋。而我和妹妹都欠缺這份仔細。

徐老伯還在蟹肚子裏揀出一塊小骨頭，他拿給我們看，說這是法海和尚。我和妹妹爭着看，果然像一個光頭和尚穿着袈裟在打坐的樣子。徐老伯說法海和尚妒忌白蛇和許仙的恩愛，要拆散他們，結果白蛇被鎮壓在雷峰塔底下，法海也犯了罪孽，要逃到蟹的肚子裏藏起來。

爸說：「魯迅寫過一篇〈論雷峰塔的倒掉〉也提到這故事。魯迅還說他對這結果表示滿意，法海罪有應得。」於是我跟妹妹也忙着在蟹殼裏找法海，妹妹找到了，我的卻不見。妹妹說可能我把他吞進肚子裏去了。

徐老太說她有越劇《白蛇傳》，問媽媽有沒有興趣看？媽說有，吃完蟹便把影碟帶回家了。

徐老伯說大閘蟹標榜出自陽澄湖，但不少是拿太湖和附近河道裏的毛蟹來冒充，說真的味道也差不多，很難分。

爸說他去過太湖，很大，這邊看不到那邊，像海。他說太湖風景不錯，但專程遊太湖的旅行團似乎不多。蘇格蘭有個尼斯湖（Loch Ness），相傳湖中有水怪，還不時公布有人拍攝到的照片，據說其實是該地旅遊業製造出來的新聞，希望吸引遊客。

太湖就不曾聽過有水怪，不過湖區的人流傳着一則太湖的傳說，是從《西遊記》上延續下來的：

> 孫悟空官封「弼馬溫」*，幫玉皇大帝養馬。王母娘娘做壽，玉皇命四大金剛送一個大銀盆向她祝壽，裏面裝着七十二件特大的翡翠。孫悟空發覺王母沒有給他發請帖，十分惱火，跳上天宮亂打亂砸，結果把這個銀盆擊落凡間，變成一個大湖，也就是太湖，七十二件翡翠變成了七十二座山峰。

*「弼馬溫」是「辟馬瘟」的諧音。據傳置猴子於馬廄中能防止馬匹疫病。《本草綱目》亦有此說法。

海上平安女神

古老的神話也可以跟現實生活密切相連，我和妹妹雖然不在同一間中學就讀，卻同在港島的地下鐵路天后站上下車。我們知道附近有一間古廟，卻從來沒有進去過。

爸說研究水的神話世界，不能漏了這位海上平安女神 —— 天后，香港連九龍、新界至少有五十間天后廟，有些具有很久遠的歷史，其中一間離我們如此的近，不如去做一次資料搜集和歷史考察。我和妹妹都覺得有興趣，決定再度分工合作。一個月後，我們交出了一份圖文並茂的「功課」，題目就是《海上平安女神 —— 天后》。詳細的內容不能一一介紹了，我只說說其中的一些要點：

一、天后來歷

根據古代史料和地方志記載，天后生於北宋太宗年間，誕辰是農曆三月廿三日，她是福建莆田巡檢林願的第六女，原名林湄娘，因為從出生到滿月從不啼哭，所以又名林默娘。自幼聰穎，心地善良，樂於助人。

有一年隨父兄航海外出，中途遇上風浪，船覆落水，林默娘下水救父。她又屢次在海上救助遇難的人，人們感謝她的恩德，稱她為「媽祖」。據說「媽祖」是福建話「母親」的意思，但另一種說法是對沒出嫁的上輩姑娘的尊稱。

她海上救人的故事和傳說逐步被神化，隨着海運漸盛，航海多險，人們設廟祭祀，祈求海上平安，到清朝時朝廷封她為天后。

二、香港的天后廟

香港的天后廟不少於五十間，最古老的一間在西貢佛堂門，稱為大廟，建於公元1266年，每年的天后誕有多至五萬名信眾參拜。另一間具歷史性列為古跡而受保護的天后廟在銅鑼灣，建於清初，曾經多次重修，現在仍保持清同治七年（1868）第二次規模宏大重修時的面貌。

三、有關天后神話傳説

鄭和下西洋，在船上奉祀天后，凡遇險阻，一稱神號，便有神燈照於桅杆上，馬上化險為夷。三月廿三日是天后誕辰，前一天必有南風起，是大舅來向她賀誕；後一天必轉為北風，是送大舅歸去。

四、天后與澳門

葡萄牙人未登陸澳門前已經有媽閣廟，即是媽祖廟，敬奉天后。四百多年前，葡人在廟附近上岸，問當地居民這是什麼地方？當地人回答説是「媽閣」，葡人以為「媽閣」就是這個半島的名稱，就把這裏音譯為Macau，一直沿用到今天。

爸爸見我們不但拍了銅鑼灣天后古廟的照片，還從天后站開始錄影，介紹廟外環境和廟中古物，配上旁白，似模似樣，便向媽媽大讚我們做得很「專業」。

幽冥世界

今天妹妹放學回來說，街上擺有很多紙紮的東西，樓房、汽車、電視、冰箱、洗衣機都有，很有趣，好像看模型展覽。我說這是準備燒給先人的，便和妹妹一同上街去看。

那些紙紮的家中陳設真是齊備，連麻將檯都有，上面還有一副麻將牌。我們又見到一間電腦房，桌上有電腦連滑鼠。廚房裏更是爐、灶、廚櫃、抽油煙機一應俱全。除了我們，看的人不少。有人問什麼時候會焚化，回答是要等天全黑，我們等不及便回家了。

爸說中國人對地底的世界有種種幻想，基本上是一個鬼的世界，名之為陰間或幽冥界。人死亡之後會到那裏等候審判和分派另一個人生。因為迷信的色彩很重，而且有很多可怕的描述，他說等我們長大後有興趣再研究。不過有兩樣有趣的事不妨談談。

一是生死簿，據說陰間有一本本的大冊頁，記載着陽間每個人的壽數，到陽壽已盡那天，就會派使者帶他過去。所以孫悟空要到閻君那裏迫他拿出生死簿來，找到自己的名字一筆勾銷，順帶把其他辨認得出的猴子名字也勾掉了。

試想世間有如此多的億萬生靈，要用多少簿冊來一一登記？看來陰間也要改用電腦了。

我們聽了都笑。這使我想起月下老人的故事，他老人家也有一本大簿，登記誰跟誰有婚姻之緣，隨即用紅繩一人一邊綁住他們的腳，他們便遲早會走在一起成為夫婦。這本簿上的名單不知是以筆畫為序還是依拼音字母排列？老人家眼矇矇，一定錯配了不少姻緣。

> 爸說另一件有趣的東西是孟婆茶。據說人離開陰間再投人世前，要先去孟婆茶店喝一杯茶，便可以把前生事統統忘記。試想每日有多少生命來到這個世間，孟婆的茶店如何招待得了？光煮水的大鍋便要成千上萬。
>
> 中國近代學者錢鍾書的夫人楊絳女士，寫過一篇文章就叫〈孟婆茶〉，她是飽受劫難的人，故事中有人一味叫大家「向前看」，又有管事員說這茶不喝不行，她楊絳卻不想去喝這杯茶，因為她不想忘記。

爸爸正說時，聽到屋外人聲喧嘩，我們估計焚化開始了，便上街去看。但見預早放置的大鐵箱中火光熊熊，那些屋呀，車呀，麻將檯呀，電腦呀，一放進去，轉眼化為灰燼。

我想這邊燒掉，那邊又如何得着？說到底只不過是讓後人盡一點孝心罷了。

回家之後，爸說：「天上、水中、地下我們都研究過了，還有一處地方，既非天上、水中、地下，卻又不同我們現實社會，可以說是文人幻想中的產物，你們可猜到是什麼地方？」

我跟妹妹一時想不到，爸翻開《古文觀止》給我們看一篇文章，原來是陶淵明的《桃花源記》：

【桃花源記】

陶淵明（晉）

晉太元中，武陵人，捕魚為業。緣溪行，忘路之遠近。忽逢桃花林，夾岸數百步，中無雜樹，芳草鮮美，落英繽紛，漁人甚異之。復前行，欲窮其林。林盡水源，便得一山。山有小口，彷彿若有光。便舍（捨）船，從口入。

初極狹，才通人。復行數十步，豁然開朗，土地平曠，屋舍儼然，有良田、美池、桑、竹之屬，阡陌交通，雞犬相聞。其中往來種作，男女衣着，悉如外人。黃髮、垂髫，並怡然自樂。見漁人，乃大驚，問所從來。具答之。便要（邀）還家，設酒、殺雞，作食。村中聞有此人，咸來問訊。自云：先世避秦時亂，率妻子邑人來此絕境，不復出焉；遂與外人間隔。問今是何世，乃不知有漢，無論魏、晉。此人一一為具言所聞，皆歎惋。餘人各復延至其家，皆出酒食。停數日，辭去。此中人語云：「不足為外人道也。」

既出，得其船，便扶向路，處處誌之。及郡下，詣太守，說如此。太守即遣人隨其往，尋向所誌，遂迷不復得路。南陽劉子驥，高尚士也，聞之，欣然規往，未果。尋病終，後遂無問津者。

這故事我早聽說過，知道是身處亂世的作者的一個幻想世界，那裏沒有戰爭，也沒有官府壓迫，真令人嚮往。

爸：中國大陸有動亂時，香港被視為世外桃源。後來港人對前途憂慮，發生移民潮，又想另尋桃源。如今香港日趨安定繁榮，人們又紛紛回流，好像鳥兒飛回故林了。

妹：文章最後說有個叫劉子驥的曾去尋找，真有其事嗎？

爸：這可能是作者故意把假事寫得好像真有其事，也可能真有桃花源的傳說，使劉子驥前往尋找。不過這種找尋後來連續不斷，因此有幾處地方都被考據為桃源所在，看來是藉此吸引旅遊者的手法之一。

爸又翻開《唐詩三百首》找到王維的《桃源行》，說王維把《桃花源記》的散文再創作為詩，提供了同一故事的不同藝術之美，兩篇作品對照來讀，會有更多的得益。

【桃源行】

王維（唐）

漁舟逐水愛山春，兩岸桃花夾古津。坐看紅樹不知遠，行盡青溪不見人。
山口潛行始隈隩，山開曠望旋平陸。遙看一處攢雲樹，近入千家散花竹。
樵客初傳漢姓名，居人未改秦衣服。居人共住武陵源，還從物外起田園。
月明松下房櫳靜，日出雲中雞犬喧。驚聞俗客爭來集，競引還家問都邑。
平明閭巷掃花開，薄暮漁樵乘水入。初因避地去人間，及至成仙遂不還。
峽裏誰知有人事，世中遙望空雲山。不疑靈境難聞見，塵心未盡思鄉縣。
出洞無論隔山水，辭家終擬長游衍。自謂經過舊不迷，安知峰壑今來變。
當時只記入山深，青溪幾曲到雲林。春來遍是桃花水，不辨仙源何處尋。

妹：「春來遍是桃花水，不辨仙源何處尋。」真是使人遺憾。

爸：有這種遺憾的人歷代都有，愈是亂世愈多人嚮往這樣的福地。

我：陶淵明的文章只是把桃花源中的人當做避亂者的後代子孫，王維卻把他們當做神仙，似乎不大符合原意。

爸：後世也有人提出此點質疑，但我覺得兩個作品的精神是一致的。

書架漫遊

《西門豹治鄴》

見《史記》，《史記》為漢司馬遷著，但本篇據考證為漢史學家褚少孫補寫。

《孟婆茶》

近代作家楊絳寫的小說，她的另一本作品《幹校六記》可同時閱讀。

會唱歌的綠衣女 166

姑妄言之人鬼情 162

不肯食言，公主嫁狗 160

見義勇為，柳毅傳書 158

上天派來的義工 155

劈山救母靠沉香 153

異族通婚天仙配 152

異族通婚天仙配

徐老伯和徐老太的孫女兒從美國回來探望他們，還帶回來一位洋女婿。難得的是洋女婿會説普通話，説得比我們還好。

徐老太打電話來説他們包餃子招呼孫女婿，他是研究中國文學的，所以請我們一家到他們那裏吃餃子聊天。

他們的孫女很小就跟隨爸媽去了美國，所以不會説上海話，英語和普通話卻是流利的。孫女婿叫 Stephen，理一個平頭，穿一對涼鞋，滿臉笑容，用普通話跟我們一一握手打招呼。

兩老不但自己包餃子，也教孫女兒、女婿學着包，想不到反而是孫女婿學得快。大家一面包餃子一面聽唱片，老人家播的是《天仙配》，説是六十年代的戲了，主要演員是王少舫、嚴鳳英，當年曾經帶出一股黃梅戲熱潮。他們已經聽過無數遍了，因此一面播兩老一面跟着唱：

樹上的鳥兒成雙對，綠水青山帶笑顏。
隨手摘下花一朵，我與娘子戴髮間。
從今再不受那奴役苦，夫妻雙雙把家還。
你耕田來我織布，我挑水來你澆園。
寒窰雖破能避風雨，夫妻恩愛苦也甜。
你我好比鴛鴦鳥，比翼雙飛在人間！

唱片封套介紹故事說漢朝孝子董永自小死了母親，後來父親又亡故，他無錢葬父，只得賣身為奴。他的孝心感動上天，派天女下凡，二人結為夫婦。後來天女用七天時間織成一百匹錦鍛為董永贖身。任務完成，天帝命仙女回家，二人只好在槐蔭樹下悲哀地分手。

徐老伯說：「人神通婚也是一種異族通婚，看來天帝只是派織女來織布，並沒有准許他們相愛，不像我們現在如此文明。」說時他看一看孫女兒和洋女婿。

劈山救母靠沉香

徐老太說那年代還有一齣好看的戲叫《寶蓮燈》，說的是書生劉彥昌愛上了女神三聖母，三聖母也答應嫁他，卻遭兄長二郎神反對，要派天兵捉拿劉彥昌。三聖母用寶蓮燈救了丈夫，還生了一個孩子叫沉香。後來二郎神派哮天犬偷了寶蓮燈，三聖母再沒有抵抗能力，被壓在華山下面，直到沉香長大才劈開華山救出母親，這故事又叫《劈山救母》。

Stephen 説：「這跟另一個『白蛇』的故事不是很相像嗎？白蛇被壓在一座 Pagoda（寶塔）下面，後來也是她兒子把她救出來的。」

爸説：「在中國有名的小説明代馮夢龍編的《警世通言》中，《白娘子永鎮雷峰塔》一篇裏的白蛇是『千年萬載不能出世』的，後來民間因為同情白蛇的遭遇，才安排了一個團圓的結局，讓她的兒子高中狀元後，母親白蛇也得以脱難。」

我記起了大閘蟹肚子裏的法海和尚，也記起了魯迅《論雷峰塔的倒掉》，雖然只是神話傳説，也一樣公道自在人心。

神人相愛被認為是神降了格，所以那神的兄長要反對；人妖相戀被認為是妖不配，又有多事的自認正派的代表去驅邪，悲劇就是這樣發生的。

新鮮豬肉，新鮮大白菜，餃子的味道鮮美，Stephen 吃得比我們都多。飯後 Stephen 爭着洗碗，他說他是熟手技工，因為讀書時曾經到餐廳洗碗賺生活費。我觀察到徐老太的孫女兒不大會做家務，這是現代許多年輕人的弱點。徐老太似乎也留意到這情況，她說了一個田螺精的故事。

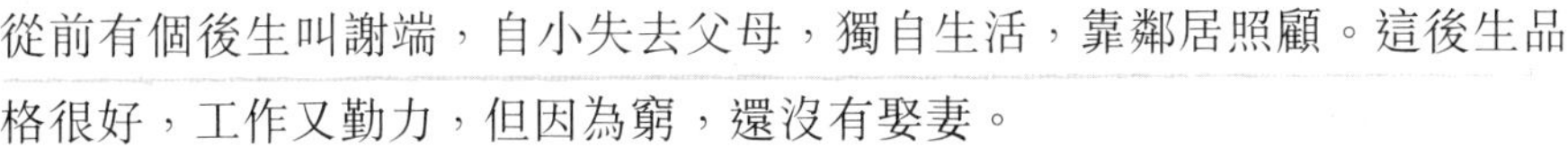

上天派來的義工

從前有個後生叫謝端，自小失去父母，獨自生活，靠鄰居照顧。這後生品格很好，工作又勤力，但因為窮，還沒有娶妻。

有一天，他拾得一個大田螺，就把它放在水缸裏。之後一連十多天，他到田裏耕種之後回家，發現已經有人為他準備了熱騰騰的飯菜。他起初以為是好心的鄰居幫他做的，便向他們致謝。鄰居卻說並不曾這樣做。

謝端想弄個明白，便在早上離家之後躲在窗外窺探。看見一個少女從水缸中走出來幫他做飯，洗、切、蒸、煮，有條不紊。他便走進屋裏向她致謝，問她為什麼要這樣做？她說她是天上的仙女，因為天帝見他品行良好，工作勤勞，所以派她下來幫他。不過現在既然已經被他發覺，她便要回到天上去了。她說她會留下那個螺殼，用來貯放穀米，他就不會缺糧。謝端想留她也留不住，這少女一下子就不見了。

徐老太把故事講完，又感慨地說：「現在像田螺精這樣會做家務的女子愈來愈少了。」

Stephen 說：「可是她們像男孩子一樣會做許多許多的事，比田螺精更有本事。」看來他是在替妻子辯護。

爸說：「這個故事在一些古書上也有記載，說這女子是天上的白水素女，是一個有名的故事。」

聽完故事時候不早，我們告辭回家。妹妹跟老人家的孫女兒正談得高興，不捨得走，後來她們交換了電郵地址。Stephen 也說有許多中國文學的問題要請教爸爸，爸笑說歡迎。

見義勇為，柳毅傳書

回到家裏我對爸說：「似乎神仙和精靈都喜歡品性良好的人，如董永的孝順，謝端的正派和勤勞，這些故事也算是一種正面的教育吧。」

爸說：「是呀，還有一則有名的故事叫《柳毅傳書》，洞庭湖龍女肯嫁給柳毅，就因為他是個重情義的人。」

我在海報上見過這個粵劇劇目，問爸哪裏可以看到這個故事？爸拿出了魯迅編的《唐宋傳奇集》，叫我看唐人李朝威寫的《柳毅傳》。

一半靠查《辭源》，一半靠猜測，我算是看懂了《柳毅傳》：

讀書人柳毅經過涇（音京）陽地方，見有婦人在路旁牧羊，面色愁苦。柳毅關心詢問，那婦人說她是洞庭湖龍君的小女，嫁給涇河龍王的次子。但她的夫婿貪於逸樂，對她愈來愈冷淡。她向公婆訴說，但他們偏幫兒子，說多了還惹他們生氣，罰她到這個地方來放羊。

她知道柳毅會回鄉，經過洞庭湖，希望他帶一封信給她的爸媽。柳毅毅然答允，來到洞庭湖邊，照她的指示在一棵橘樹上敲了三下，便有海底使者把他帶進海底。洞庭龍君和夫人知道之後都很悲傷。洞庭龍君那脾氣暴躁的弟弟錢塘君*更是大怒，立即飛去把小龍女的丈夫吃掉（作者按：總歸是食肉獸），把小龍女接了回來。

錢塘君後來威迫柳毅娶小龍女，柳毅是個不受威嚇的人，嚴詞拒絕。柳毅離開海底回家之後，結婚兩次，妻子都很快逝世，直至媒人介紹一個姓盧的女了給他，迎娶之後才知道原來她是小龍女。

據說後來柳毅也成了神仙。

* 錢塘江是浙江省第一大河，流量巨大，每年於杭州河口出現的大潮是一奇景。

媽說她看過粵劇《柳毅傳書》，柳毅娶盧氏女新婚之夜，發現新娘很像小龍女，出言試探，經一番對答才知道真相，是很諧趣和溫馨的場面。

不肯食言，公主嫁狗

這個長假期我功課不多，假後又沒有測驗考試，妹妹也一樣，我們便租了一套卡通片《美女與野獸》回來看。

野獸雖然醜陋，但心地十分好，難怪美女後來愛他。當然更好的是他終於變回英俊的王子。就像妹妹說的：「要我嫁給一隻野獸，嚇也嚇死！」影片識趣地給大家一個圓滿的結局。

爸說中國也有類似美女與野獸的故事，那是一則上古神話。

高辛氏做國君時，宮中有個老婦人耳朵生瘡，醫生替她治病，從瘡裏挑出一條蟲來，有蠶繭那麼大。不久這條蟲變成一隻狗，取名槃瓠（音盤壺）。

這時戎吳侵略邊境，高辛氏派兵征討但不能取勝，便立下賞賜，說誰能取得戎吳將軍的頭顱，可以得到黃金千斤，封邑萬戶，還把小女兒嫁給他。

不久槃瓠失蹤，後來啣了一顆人頭回來，一看原來是戎吳將軍的頭。臣子們都說槃瓠是畜類，不能把國君的女兒嫁牠。

但國王的女兒說：「一國之君最重要的是信義，槃瓠為國除害，這是上天注定要我嫁牠，如果失信，將會是國家的禍害。」

國君聽了女兒的話，終於把她嫁給槃瓠。他們夫婦隱居到無人的深山中，生下六男六女，成為一個少數族裔的始祖。

姑妄言之人鬼情

媽媽不大看電視劇，她説到時到候要乖乖的坐在電視機前很浪費時間，她寧願看DVD。有些片子她看完又看，其中一齣是《人鬼情未了》，一齣是《胭脂扣》，説的都是人鬼戀情。

記得爺爺從前看《胭脂扣》時，每次都會指着那女鬼最初出現的場景：「哪，這是《華僑日報》，大門一進去便是營業部，我就是去那裏領稿費的。」

現在《華僑日報》已經停刊，那幢樓也拆掉重建，爺爺不在了，《胭脂扣》的男女主角張國榮、梅艷芳也不在了，想起來便使人黯然。

爸說《聊齋》和許多筆記小說中都有人鬼戀的故事，清代有名的詩人王漁洋詠《聊齋》的一首詩說：

姑妄言之姑聽之，豆棚瓜架雨如絲。
料應厭作人間語，愛聽秋墳鬼唱詩。

第一句便指出人家如此沒根據的說，你就姑且去聽吧，不必相信，作為一種娛樂好了。

《聊齋》上的人鬼戀不少都寫得美麗，那些美麗的女鬼都很多情。《聊齋》之外，有兩則人鬼戀的故事爸很欣賞，一則是《牡丹亭》，我們已經介紹過了，另一則出於《搜神記》，是紫玉和韓重的故事。

春秋時吳王夫差的小女兒叫紫玉，十八歲，有才有貌。愛上了十九歲少年韓重，私相往來，答應嫁給他。韓重要往外地求學，臨出門請父母前往求婚。夫差大發脾氣，不肯答應。紫玉一氣之下死了，葬在閶門外。三年後韓重回來，問父母求婚的事怎樣了？父母告訴他紫玉已死，韓重傷心欲絕，去紫玉墓前拜祭。

紫玉的靈魂從墓中出來，哭着對韓重說出事情的經過，並且哀傷地唱出一首歌：

南山有烏，北山張羅。
烏既高飛，羅將奈何！
意欲從君，讒言孔多。
悲結生疾，沒命黃壚。
命之不造，冤如之何！
羽族之長，名為鳳凰。
一日失雄，三年感傷。
雖有眾鳥，不為匹雙。
故見鄙姿，逢君輝光。
身遠心近，何當暫忘。

唱罷欷歔流淚，邀請韓重一同進入墳墓。韓重怕有罪過不敢應命，紫玉說：「死生異路，我是知道的。但是今日一別，後會無期。你怕我是鬼會害你麼？我誠心地向你奉獻，你怎不相信我呢？」

韓重聽了感動，就隨她進入墓塚。紫玉與他飲讌，相聚了三日三夜，完成了夫妻之禮。臨別之時，拿出一顆直徑成寸的明珠給他。叫他自珍自愛，有機會時替她向父親致意。

韓重出來後去見夫差，把見紫玉的事告訴他。夫差大怒說：「我的女兒死了，你還在造謠，玷汙亡靈。你不過是一個盜墓賊，借鬼話來騙人。」叫人把他拿下治罪，卻被韓重走脫。

韓重去紫玉墓前訴說，紫玉又再出現，回答說：「別擔心，我今天會回家親自對父親說。」

夫差第二天梳頭時，忽然見到紫玉，又驚又悲又喜，問道：「你怎麼又活了？」紫玉跪下來稟告事情的經過，說珍珠是自己送給韓重的，不要治他的罪。這時紫玉的母親也出來了，一見紫玉就想擁抱她，紫玉卻化作一縷輕煙，讓母親抱了個空，從此再沒有出現。

我和妹妹都聽得入神。妹妹感動地說：「這真是《人鬼情未了》的中國版哦……」

會唱歌的綠衣女

這天我正在看書，忽然聽到妹妹在房裏驚叫，我進去看，見她躲得遠遠的用手指着窗戶說：「有蟲！」

我走近一看，見一隻細腰蜂在窗台上掙扎，大概是被窗玻璃撞成「腦震盪」吧。

我在廚房找到一隻空瓶子，小心罩住了牠，然後拿張卡紙從瓶口與窗台間輕輕推過去。這時細腰蜂便落在卡紙上，牠想飛無力。我連卡紙連瓶把蜂捧到露台上，抽開卡紙，讓牠掉到一盆橘樹上，不久牠便張翅飛了。

妹妹佩服地對我說：「你夠仁慈哦，沒有把牠拍死。」
我說：「我一向都仁慈嘛，何況我剛看了一則〈綠衣女〉的故事。」
妹妹說：「綠衣女？說來聽聽。」

這是《聊齋》上寫得極好的一則故事，把擬人手法寫到極致，也很有童話趣味。我把它變成童話體告訴妹妹：

從前有個叫于璟的年輕人，在一間寺廟裏寄宿讀書。有一晚讀到夜半，窗外有人稱讚他說：「于相公真用功哦！」于璟出外一看，見是一個美麗少女，綠衣長裙，談吐有禮，笑容可掬，他們從此做了朋友，晚上常常一起聊天。

有一次談話間，于環覺得她對音樂很有研究，便央求她唱一曲來欣賞。她說怕被旁人聽見，微聲唱一曲好了。

於是她唱道：……不怕夜間的露水，

濕了我的繡鞋；

只記掛寂寞的長夜，

沒有人與你作伴。

聲音細得如絲一般，但是聽來宛轉動心。

唱完她便開門張望說怕外面有人。于環笑她膽子小，她說今晚心跳得不尋常，感到害怕，恐怕大家的緣分盡了。

于環安慰了她一番，到告辭時她請于環送她一程。目送她轉過房廊，正想回房時，于環忽然聽到女子呼救的聲音。奔前去看，卻不見有人，但聽到聲音從屋簷間發出。

于環抬頭細看，見到一隻大蜘蛛捉着一隻蟲，蟲兒發出哀鳴。于環挑破蛛網，救下蟲兒，見是一隻綠色的細腰蜂，已經奄奄一息。于環把牠捧回室內，放在書桌上。蟲兒休息了一會，漸漸恢復氣力，牠爬到硯池上，投身在墨汁裏，再爬出來伏在桌上，慢慢走動寫出一個「謝」字，然後一次又一次的展開翅膀，終於飛出窗外。

妹妹聽得入神，小聲說：「好一段生死的交情，難怪你也對牠溫柔。」她走出露台想找那蜂，已經渺無蹤影了。

〈論雷峰塔的倒掉〉和〈再論雷峰塔的倒掉〉

見魯迅雜文集《墳》。

《搜神記》

晉干寶撰，記敘鬼神靈異之事，迷信色彩甚重，但也保存了一些優秀的民間傳説。

178 新版十兄弟姊妹
176 你肚裏有……
175 天生異能十兄弟

能
能

一月七日　（星期日）　晴

電視劇《十兄弟》雖已播完，校園裏同學們仍不時模仿十兄弟的對白和動作。說到特異功能，書上有記載的不少：

土行孫

《封神榜》中的土行孫，把身一扭，即時不見，因為已鑽到地下去了。書中説他可以在地下日行千里，最後他被另一個比他在地下行走得更快——日行一千五百里的張奎設計殺死了。

神行太保

另一個走得快的是《水滸傳》中的神行太保戴宗，只要在兩腿上各拴兩個「甲馬」，口裏唸起神行法咒語來，便行走如飛，一日能行八百里。更方便的是東漢方士費長房，他懂得縮地之術，能把千里之遙縮於眼前，一步便能跨過。

刀槍不入

有一種特異功能叫金鐘罩、鐵布衫，練成這種功夫就像渾身被金鐘罩住，又像穿了一件鐵布衣衫，可以刀槍不入。不過不論你練到多麼高深，全身仍有一處弱點，如果被敵人知道，就會專攻此點，破了你的防禦。這弱點所在叫做「罩門」。

這使我想起希臘神話《阿契利斯的足踝》（Achilles' Heel）。阿契利斯是海神特緹絲的獨生子，特緹絲在阿契利斯小時就帶他到斯提克斯河

(River Styx) 去，因為這條河有一種神祕的力量，人體浸過河水之後會成為不死之身。特緹絲抓着阿契利斯的雙腳，把他全身倒掛浸入河中。阿契利斯全身都成不死之身，只差他母親抓住的足踝部分沒有浸到，成為弱點之所在。最後他被毒箭射中腳踝死去。

清末義和團相信這種刀槍不入的神功，但在外國侵略軍的火槍下非死即傷，說明了幻想是幻想，現實是現實。

隱身術

特異功能中還有許多人夢寐以求的隱身術，不見有人做到，只在筆記小說中留下一則笑話：

有人在《淮南方》這本教方術的書上看到一段文字，說「得螳螂伺蟬自障葉，可以隱形。」意思是找到一塊螳螂捕蟬時用來隱蔽自己的樹葉，就可以隱形。

這人在園子裏等到螳螂捕蟬的情況出現，便去摘螳螂身邊那塊樹葉。一陣風過，樹葉掉在地上，那裏本已有一大堆落葉，他無法辨認剛才掉下的那塊，便把全部落葉掃起，搬進室內，逐片拿起詢問妻子：「你看到我嗎？」他妻子起初說看見，後來因為不勝其煩，負氣說：「看不見！」這人大喜，拿着那片樹葉去金舖搶掠黃金，結果被捕。

懂鳥語

懂得聽鳥兒的說話也是一種特異功能，據說孔子的女婿公冶長（公冶是複姓）便有這本領。民間故事中是這樣記載的：有一次公冶長正愁沒錢買菜，聽到窗外喜鵲叫：「公冶長，公冶長，後山有隻大肥羊，你吃肉來我吃腸。」

公冶長到後山果然找到一隻受傷的肥羊，便向喜鵲致謝，說會把腸子留給牠吃。誰知公冶長吃飽之後便忘記了這件事，把腸子連垃圾丟了。這使喜鵲很生氣。

過了幾天公冶長又聽見喜鵲叫：「公冶長，公冶長，後山有隻大肥羊，你吃肉我吃腸。」公冶長連忙到後山去看，不見有肥羊，卻見一具屍體。

因為有人看見公冶長獨自上山，便懷疑他是兇手。公冶長把喜鵲報信的事告訴縣官，縣官不信，把他關在牢裏。

有一天，他在牢裏聽見一羣麻雀說東門橋上一輛裝滿穀子的牛車翻了，麥子撒得一地，大羣麻雀都趕去吃麥子了。公冶長連忙叫看守他的人告訴縣官老爺，去看看東門是不是真有裝穀的牛車翻了，如果有就證明他真的懂得鳥語了。縣官派人去看，證實真有其事，便把公冶長放了。

看來擁有特異功能也不一定是福，說不定會惹禍上身。我們不擁有任何特異功能，倒落得可以平安度日。

以上是我近日寫的一則日記。我寫日記不喜歡記流水帳，寧願寫一些閱讀心得。因為這些日子對「幻想」這個題目感興趣，所記的也就跟這方面有關了。

天生異能十兄弟

電視劇集《十兄弟》其實來自一則古老故事，記得祖母在生曾一次又一次的講給我們聽，那也是百聽不厭的。十兄弟的異能有不同的版本，現代版是：

千里眼 能看見千里之外的事物。

順風耳 能聽見遠方的聲音。

大力三 力大無窮。

韌皮四 皮膚堅硬，打也不痛。

飛天五 會在空中飛翔。

銅頭六 頭骨堅硬，不怕撞擊。

高腳七 雙腿可變長，行動迅速，健步如飛。

遁地八 能鑽入地下。

大口九 說話聲音響亮，能吹出強風。

大喊十 哭聲震天，淚水能像洪水般沖出。

這些功能在現代科技發達的情況下已經沒什麼了不起，望遠鏡、雷達、人造衛星早已超越了千里眼、順風耳的能力；有了飛機、火箭，人類早已飛天。不過這些人類幻想，正是科學發明的苗芽。

你肚裏有……

我的日記沒有私隱，因此常拿給爸看。他看過我近來因電視劇《十兄弟》引起的一些思考之後說：前十多二十年，中國曾出現特異功能熱，這些功能是真是假曾引起爭論。但在中國古代的小說筆記中，可以找到不少記載。它們處於幻術和超能之間，有些甚至兩者都不是，只是寫書人的幻想。像其中《陽羨鵝籠》的故事就屬此類。

爸爸在書架上拿出一本《續齊諧記》，是南北朝時代梁朝吳均寫的，故事說：

陽羨地方一個叫許彥的青年，有一天挑着鵝籠在綏安山下經過，遇到一個十七八歲的書生，躺在路邊，說是腳痛，請求讓他借鵝籠一坐。許彥以為他是說笑，姑且答應了他。書生一下子便進了鵝籠，籠子沒有變大，書生也沒有變小，他跟鵝坐在一起，鵝也不感害怕。許彥挑起鵝籠，亦不覺得因此重了。

半路在樹下休息，書生從籠裏出來，對許彥說：「我要招待你吃點東西。」許彥說好。

書生從嘴裏吐出一個銅製的食盒，盒子裏有各式美食，擺滿一地，氣味芬芳。喝了幾杯，書生說：「我帶了一個女人同行，想請她出來同樂。」許彥說好。書生便從口中吐出一個女子，十五六歲的樣子，衣服綺麗，容貌出眾，一同坐下來吃東西。

不久書生喝醉了，沉沉睡去，女子對許彥說：「雖然我跟他是夫妻，心裏卻有點討厭他，我也帶來了一個男子同行。他現在睡着了，我把我那位朋友請出來，請你保守祕密。」許彥答允了。女子從口中吐出一個男子，看上去二十三、四歲，聰明可愛的樣子，還跟許彥打招呼。這時醉卧的書生像要醒來了，女子從口中吐出一道屏風遮擋書生的視線，書生拉女子同睡。

在屏風外面的那個男子對許彥說：「這個女子雖然對我有情，但她的心並不專一，我也偷偷帶了一個女人同行，現在我想爭取時間見一見她，希望你守祕。」許彥說：「好。」男子從口中吐出一個婦人，二十來歲，一齊喝酒，互相談笑。後來聽到書生身體活動的聲音，男子說：「他們睡醒了。」就把他剛吐出來的女人，放回口裏。

不久，跟書生同眠的女子從屏風後出來，對許彥說：「他要起來了。」把那男子吞了，獨自跟許彥相對而坐。然後書生起身了，對許彥說：「不覺睡了這麼久，要你一個人獨坐，真不好意思。時候不早啦，咱們要分手了。」他把那女子塞進口裏，連帶其他器皿一一吞食，只留下一個兩尺的大銅盆，說給許彥留個紀念。

故事中書生肚裏有女子，女子肚裏有另一男子，此男子肚裏卻又有另一婦人。他們一個又一個的把肚子裏藏的人吐出來，最後你吞我、我吞他，一個又一個的吞回去，真是匪夷所思。

我覺得這故事倒是反映了現代人的婚姻和愛情，表面是一對，其實心中各自另有所屬。

新版十兄弟姊妹

「《十兄弟》是從前的人對超常能力的幻想和期盼，這些功能許多已經為科學超越，如果我們創作一個現代版的《十兄弟》，他們的超能力該是怎樣的呢？」爸像一個導演，不斷有新的主意。

妹妹一直在聽着，她也是電視劇《十兄弟》的觀眾，她的即時反應是：「應該有一個叫環保一，因為環保已經成為全世界各國最注意的一項緊急工作。」

是的，近來關於環保的新聞的確很多，美國前副總統戈爾編寫的那本有關環保的書《瀕臨失衡的地球》，學校圖書館已經有了。他拍的那套環保電影《絕望真相》，在奧斯卡也得了獎。

我問妹妹這位環保大哥有什麼特異功能？

妹妹說：「他的嗅覺特別靈敏，知道地球上哪裏有空氣污染；他的皮膚也特別敏感，知道溫室效應的嚴重程度；他的視線清晰，知道哪些地方有災害；他的味覺超常，知道哪些食物添加了有毒物質……他是地球環境的監察者，每天都向傳媒發出最新資料。」

「那麼他是不是有一個大鼻子、一對大眼睛、一條長舌頭？」我很好奇。

「你以為大就一定好麼？我班眼睛最大的同學有八百度近視！」

「身體有特徵才能引起觀眾興趣嘛！」

妹妹嚴正地說：「還有一點，我認為十個都是男仔也不對，起碼有一半是女仔才公平，因此要改名為《十兄弟姊妹》。」

我為妹妹鼓掌。她長大後定會為女性爭光。

爸問：「除了環保一，老二該是誰？」

我說：「民以食為天，老二應該是『為食二』。我這個『為食』不是饞嘴的意思，是為全民能吃飽、吃得健康而作出貢獻。」

妹妹問：「他有什麼特異功能？」

我說：「他像神農氏那樣嘗百草，食物一到他嘴裏便知道是健康食品還是有害食品，但他本人是百毒不侵的。他同時是廚神，善於烹調食物，讓大家覺得好吃，吃了又健康。他的樣子是整天歡歡喜喜的，愛吃東西但不胖。」

妹妹急不及待說：「老大老二都是男仔吧，老三該是女仔了，就叫她靚衫三啦，聽起來好像靚珊珊，是女孩子的名字。她很懂得穿着，漂亮又環保。她的特異功能是剪裁縫紉有一對快手，一天可以造出一百件衣服，件件都有特色。當然她可以有一班年輕的小助手，用流水作業的方式，裁的裁，縫的縫，釘的釘，看得人眼花撩亂。她的身體特色是標準健康，穿什麼都好看。」

媽媽說：「我希望有個這樣的媳婦。」

妹妹笑道：「我阿嫂？」

我的臉紅了，打岔說：「輪到老四啦，就叫造屋四吧，他對建築這一行無所不知，無所不曉。他起的樓房採天然光，空氣流通，利用環保材料而且大眾化，讓一般市民都買得起。他的特異功能是驗樓，只要用一根手指敲敲，側起耳朵聽聽，就知道材料好不好，有沒有偷工減料；也知道這一座是不是危樓，要不要拆卸或加固。」

妹妹問：「他有什麼身體特徵？」

「他很瘦，但骨骼強健，有如建屋的鋼筋。」

妹妹說不如叫他鋼筋四更吸引。

我同意：「有道理，輪到你設計老五這個角色了。」

妹妹說：「衣、食、住、行，輪到行了。最主要的交通工具是車，就叫他公車五啦！」

「為什麼是公車不是私家車？」我最愛跟她抬槓。

妹妹不慌也不忙：「公車比較環保，愈多人坐公車愈可以減少廢氣排放。」

「單車豈不更好？」我不想放過她。

妹妹瞟着我：「不是人人有本事騎單車呢。」她知道我不會騎。

我趕緊岔開話題：「他的特異功能和身體特徵呢？」

「他跑得比車還要快，兩條腿跑起來像轉動的車輪。」

我說：「老大至老五只有一個女的，你要多介紹幾個妹妹了。」

於是妹妹連說兩個。

她說：「『民主六』是女的，因為民主女神、自由女神的塑像都是女性。她的特異功能是雄辯滔滔，說理清晰，富幽默感，具說服力。她有粗壯的手臂，因為要高舉火炬。

「『Miss 七』是一位女教師，熱心教育，對學生充滿愛心。她的特異功能是── 最頑皮、最反叛的孩子一見到她立即變得乖乖的，由小魔怪變成小天使。她的樣子清純中帶點威嚴，很有氣質。」

到我了：「第八位叫『科學八』，對於現代科技無所不知，無所不曉，他的腦袋特別大，眼睛既像望遠鏡又像顯微鏡，善於觀察又長於思考。」

妹妹說：「第九位是『護士九』，白衣天使，她喜歡穿白色衣服，特異功能是一眼能看出一個人身體有什麼毛病，便會叫他去找家庭醫生或專科醫生，讓人們病從淺中醫。」

我說：「第十位是『文藝十』，她十分有藝術氣質，喜愛寫作、繪畫、演奏樂器、唱歌、演戲，每一樣都具備天分，使老師們驚訝。她也是兄弟姊妹中最美麗的一位，沒有人見到她不想多看幾眼的。」

爸給我們鼓掌：「你們的十兄弟姊妹可以說是人才濟濟，潛質豐厚，由他們合力演出，可以是一齣內容豐富、氣勢澎湃的大戲呀！你們能不能運用想像力，編一個戲出來呀？」

妹妹說：「我沒有學過編戲呀！」

我充滿信心：「我們可以一邊學一邊編。」

爸說：「二舅父和細舅父都曾經參加過話劇團，登台演出過幾次，你們可以請教他們。」

我很雀躍：「下個週末我們到天台 BBQ，請他們一齊來吧？」

正在燙衫的媽說：「好呀，我們好久沒有聚過啦。」

爸說：「還有我們最近研究的中國人的幻想世界，也有極豐富有趣的材料，你們可以編一本書出來。」

媽說：「叫兩個小東西又編書又編戲，怕也是中國人的幻想吧？」

「你們說呢？」爸問我們。

「我們希望把幻想變成現實！」我代表妹妹說了。

「你說好不好？」妹妹抱起腳邊的「弟弟」問。

「妙！」「弟弟」立刻回答。

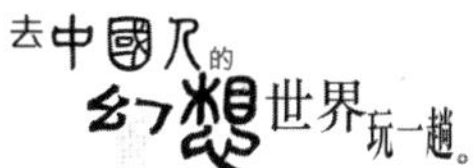

故事列表

七十二變	《西遊記》	20-25
狐仙	《聊齋誌異．董生》	26
化生	《禮記．月令》	31
螟蛉	《詩經．小雅．小宛》	31
人變驢	《聊齋誌異．造畜》《河東記．板橋三娘子》	33-36
化鱉	《法苑珠林》	37
化蝶	《梁祝》	38-39
精衞銜木	《山海經》	41
鴛鴦	〈孔雀東南飛〉	42
望夫石	《列異傳》	43
杜鵑啼血	《太平御覽．蜀王本紀》	44
苦哇鳥	《西青散記》《本草綱目》〈五禽言〉	45
刑天	《山海經》	46
哭倒長城	《列女傳》、民歌〈孟姜女〉	47-49
出竅	《聊齋．促織》	50-51
莊周夢蝶	《莊子．齊物論》〈錦瑟〉	57-58
夢	《紅樓夢》《三國演義》《水滸傳》《牡丹亭．驚夢》	61 65
黃粱夢	《枕中記》	66
南柯夢	《南柯太守傳》	68-69
華胥夢	《列子》	70-71
君子國 / 女兒國 / 勞民國 / 無腸國	《山海經》《鏡花緣》	76-88
羅刹國	《聊齋誌異．大羅刹國》	90-91
白日飛升	《南唐近事》《論衡》《嘲廬山道士》	98
王子求仙 / 爛柯山	《述異傳》	100
劉阮遇仙	《幽明錄》	101
后羿射日	（古代神話）	103-104
嫦娥 / 蟾蜍 / 吳剛	《山海經》	108-109
廣寒宮	《霓裳羽衣曲》《長恨歌》	111

隕星	《三國演義》	112
牛郎織女	《七夕》《秋夕》《迢迢牽牛星》《鵲橋仙》	113-116
天河浮槎	《博物志》《行香子》	117-118
參商二星	《幼學瓊林》《贈衞八處士》	120-121
風神	《醒世恆言》	122
求雨	《西遊記》	124-125
雷公 / 雷神	《聊齋誌異・雷公》《搜神後記》	126-127
霧神	（上古傳說）	127
霜神	《霜月》	127
河圖洛書	《易・繫辭》	133-134
洛神	《洛神賦》	135-136
河伯	《莊子・秋水》《史記・西門豹治鄴》	138-139
太湖傳說	《西遊記》	141
生死簿 / 孟婆茶	《西遊記》（民間傳說）	144-145
桃花源	《古文觀止・桃花源記》《桃源行》	146-147
天仙配	（民間傳說）	152
劈山救母	《寶蓮燈》	153
田螺精	《搜神後記》	155-156
柳毅傳書	《柳毅傳》	158-159
槃瓠	《風俗通義》	161
紫玉和韓重	《搜神記》	163-165
綠衣女	《聊齋誌異・綠衣女》	166-167
土行孫	《封神榜》	172
神行太保	《水滸傳》	172
隱身術	《淮南方》	173
懂鳥語	（民間故事「公冶長」）	173
十兄弟	（民間故事）	175
陽羨鵝籠	《續齊諧記》	176-177